D1149707

Les Éditions du Boréal
4447, rue Saint-Denis
Montréal (Québec) H2J 2L2
www.editionsboreal.qc.ca

À L'OMBRE
DU BÛCHER

DU MÊME AUTEUR
DANS LA SÉRIE « L'ENFANT DES DRAILLES »

L'Or blanc, roman, Boréal, coll. « Boréal Inter », 2002.

Le Jongleur de Jérusalem, roman, Boréal, coll. « Boréal Inter », 2004.

Magali Favre

À L'OMBRE DU BÛCHER

Boréal

Les Éditions du Boréal reconnaissent l'aide financière du gouvernement du Canada par l'entremise du Programme d'aide au développement de l'industrie de l'édition (PADIÉ) pour ses activités d'édition et remercient le Conseil des Arts du Canada pour son soutien financier.

Les Éditions du Boréal sont inscrites au Programme d'aide aux entreprises du livre et de l'édition spécialisée de la SODEC et bénéficient du Programme de crédit d'impôt pour l'édition de livres du gouvernement du Québec.

Illustration de la couverture : Alex Traylen

© Les Éditions du Boréal 2001
Dépôt légal : 4ᵉ trimestre 2001
Bibliothèque et Archives nationales du Québec

Diffusion au Canada : Dimedia
Diffusion et distribution en Europe : Volumen

Catalogage avant publication de Bibliothèque et Archives nationales du Québec et Bibliothèque et Archives Canada

Favre, Magali, 1953-

    À l'ombre du bûcher

    (Boréal Inter ; n° 33)

    ISBN 978-2-7646-0116-7

    I. Titre.

PS8561.A929A73	2001	JC843'.6	C2001-941435-8
PS9561.A929A73	2001		
PZ23.F38A1	2001		

À la mémoire de Marcelle et Sidonie,
qui ont guidé mes premiers pas
dans la garrigue.

En l'an 1244, Montségur, petit village fortifié des Pyrénées, tombe aux mains des Français.

C'est la fin de la guerre impitoyable que se livrent depuis des années le Nord et le Midi.

C'est la victoire du roi de France, Louis IX, autrement appelé saint Louis, sur le comte de Toulouse et les seigneurs du Midi.

C'est la fin de l'hérésie cathare contre laquelle le pape Innocent III avait levé une véritable croisade et déclenché l'Inquisition.

C'est le déclin d'une culture qui s'exprimait en occitan et dont le cœur était Toulouse, alors troisième ville d'Europe, terre de liberté, de tolérance, des troubadours et de l'amour courtois.

C'est dans ce Midi médiéval, affaibli mais encore rebelle, que se situe cette histoire.

Chapitre premier

Il se réveilla recroquevillé au pied d'une haute muraille, se frotta les yeux énergiquement et regarda autour de lui. À quelques pas tombait l'à-pic d'une falaise. Un lézard vif se faufila entre deux pierres. L'enfant se retourna vers le mur, leva les yeux et vit une tour hérissée de créneaux. Oui, il se souvenait : le castrum de Roqueblanche.

La veille, il s'était endormi là, fourbu après une longue journée de marche. Il était arrivé tard au bas de la colline que dominait la cité. Il l'avait gravie à pas prudents. Près de l'enceinte, il avait eu la mauvaise surprise de voir la porte fermée. La nuit tombait, épaisse et noire. Le château était énorme et menaçant, replié comme une bête prête à bondir. Inquiet, épuisé, il s'était laissé glisser le long de la pente qui longeait la muraille et avait fini par trouver une faille dans le rocher. Sans trop de difficultés, il avait réussi à l'atteindre et à s'y réfugier pour la nuit. Accroupi, tapi entre la falaise et le mur sombre, il s'était endormi. Là au moins, il était à l'abri des hommes, des bêtes ou des farfadets malveillants.

Enfant farouche, Gilles avait grandi dans l'arrière-pays, à la limite de la misère. Sa carcasse malingre dissimulait un caractère impétueux. Son regard vif et espiègle faisait oublier ses hardes crottées. Il avait les cheveux bouclés, noirs et épais. Tête-de-Lou, l'appelait affectueusement sa mère. Gamin débrouillard mais solitaire, il s'arrachait pour la première fois à l'isolement de sa forêt.

Le jeune garçon avait dormi d'un trait jusqu'à ce que le chant matinal des fauvettes le réveille. Attiré par l'envol d'un faucon, son regard s'accrocha à cet oiseau superbe et fier qui déployait ses ailes immenses pour s'élancer dans l'infini bleu du ciel. Lui revint alors en mémoire l'image de sa mère emmenée captive par les hommes du seigneur. Les pleurs de ses sœurs, Agnès et Mathilde, résonnaient à son cœur.

Soudain des cloches sonnèrent à toute volée : prime, l'heure du soleil nouveau. Il était plus que temps pour Gilles de sortir de sa torpeur. Les cigales chantaient déjà, ce serait encore la canicule.

Il prit dans sa besace une poignée de noisettes qu'il grignota pour calmer sa faim. De sa cachette, il apercevait la porte ouverte de la petite cité. Plusieurs marchands, avec leur mulet et leur charrette, se pressaient déjà sur la route. Des colporteurs croulant sous le poids de leurs ballots se traînaient à leur suite. Un troubadour et des jongleurs cheminaient eux aussi, annonçant une fête prochaine.

Il s'agrippa aux maigres buissons épineux rampant dans la rocaille et s'arracha à la brèche de pierre. Surveillant du coin de l'œil l'escarpement du chemin, il marcha d'un pas ferme vers la grande porte aux lourds battants de bois massif.

Gilles pénétrait pour la première fois à l'intérieur de cette enceinte qui, de loin, l'avait toujours impressionné. Il suivit une charrette afin de se faire passer pour le fils d'un marchand.

Les deux archers en faction de chaque côté de la poterne ne remarquèrent même pas sa présence. Ils étaient trop occupés. Tout en surveillant les colporteurs qui s'acquittaient à contrecœur du péage leur donnant droit de vente à l'intérieur des murs, ils jetaient des coups d'œil furtifs vers le comptoir des changeurs. La chicane y était coutumière. Assis à califourchon sur leur banc, deux hommes secs, appliqués, coiffés d'un bonnet noir, échangeaient des monnaies. Leurs doigts s'agitaient si vivement sur les pièces que les clients querelleurs criaient souvent à la fraude.

Dès qu'il eut franchi le portail, Gilles fut assailli par toutes sortes de bruits et d'odeurs. Il y avait là un remue-ménage étourdissant : grognements de cochons et piaillements d'enfants, senteur de vieux vin et puanteur de crottin, chicanes de traîne-misère et de crieurs de taverne.

Une rue étroite et encombrée se faufilait devant lui. De chaque côté de l'entrée se dressaient des escaliers de pierre blanche qui menaient au chemin de ronde. Gilles aurait aimé les gravir pour admirer toute la contrée du haut des remparts. Peut-être aurait-il aperçu sa forêt ?

Un gros marchand le houspilla.

— Holà ! garnement, que fais-tu là ? N'as-tu donc rien d'autre à faire que de bloquer ainsi le chemin en rêvassant ?

Surpris, le garçon fila à toutes jambes dans la rue, manquant de renverser au passage plusieurs étals de boutiquiers.

Essoufflé, il s'arrêta devant celui d'un marchand de tourtes et de flans à la mine appétissante. De petits pâtés de viande bien dorés lui faisaient grande envie. À côté s'étalaient des fruits qu'il voyait pour la première fois. Certains étaient petits, dodus et d'un brun foncé, d'autres plus gros et rouges. Un fruit sec doré, rond et aplati, avec une petite queue, semblait attendre qu'on le prît et le mangea. Raisins, pêches, prunes, melons, figues, raisins secs, amandes… la salive lui en venait à la bouche !

— As-tu faim ? lui demanda un garçon grassouillet à l'air bonasse, tout en disposant soigneusement sur l'étal des pâtés de lièvre, les mains blanches de farine.

Gilles ne l'avait pas remarqué tant il était absorbé par ce foisonnement de nourriture. Il n'osa pas répondre, mais son regard le trahit. Le jeune pâtissier prit d'un geste décidé une fougasse bien cuite et la lui tendit.

— T'as pas l'air d'être du pays. Tiens, prends ça pour ta bienvenue. Je m'appelle Gérard. Je suis le fils du pâtissier.

Gilles prit sans mot dire le petit pain tressé farci de lardons.

— D'où viens-tu? Cherches-tu quelqu'un… quelque chose?

— Je cherche maître Raymond, orfèvre de son état, hasarda Gilles.

Gérard sourit et répondit :

— Pardi, je le connais! Il habite rue des Artisans. C'est sur le chemin de l'école. Attends que je finisse d'installer mes pâtés et nous irons ensemble. Si tu as soif, prends de l'eau de cette gargoulette près de la porte.

Gilles, coutumier d'une maigre pitance, fut surpris d'une telle générosité. Il bredouilla quelques remerciements, but à la régalade et attendit.

Quelques instants plus tard, les deux garçons se faufilaient à travers de nombreux étals sur lesquels se déployaient saucissons et jambons, fromages et caillés, herbes et racines. Il y avait là plus de couleurs et de senteurs que cet enfant des bois n'en avait jamais vu ni reniflé.

Marchant côte à côte, ils prirent la rue des Tonneliers, tournèrent à droite et s'engouffrèrent dans une ruelle sinueuse. Si étroite que Gilles pouvait à peine distinguer le ciel. De part et d'autre, les maisons aux étages en encorbellement semblaient se toucher. On y était au frais malgré la saison chaude. Mais mieux valait regarder ses pieds que de chercher à attraper le soleil. La ruelle était encombrée de paille moisie, d'épluchures, d'excréments et d'ordures ménagères. Au milieu, une eau gluante et nauséabonde coulait dans une rigole débordante.

Ici, la cité semblait s'assagir. Les étals avaient cédé la place à des boutiques aux portes grandes ouvertes. Gilles ne pouvait s'empêcher d'y jeter des coups d'œil furtifs. Cordonnier, tisserand, apothicaire, savetier, pellegantier, parcheminier et bien d'autres, chacun s'affairait avec ses odeurs et ses cris. Leur besogne envahissait parfois la rue, rendant le passage malaisé.

Enfant curieux, Gilles aurait voulu flâner, tout était si nouveau et si surprenant. Mais son compagnon marchait d'un pas rapide.

Ils s'arrêtèrent soudain devant un porche plus haut et plus large que les autres. Sur une enseigne de fer forgé fixée au haut de la porte étaient gravés des mots que Gilles était incapable de lire. Mais il y avait aussi le dessin d'un homme tenant dans une main un gobelet et dans l'autre un collier.

— Voilà ! dit Gérard. Je te laisse, faut pas que je sois en retard à l'école. Tu peux venir me voir après vêpres. On jouera dans le jardin. N'oublie pas : rue du Fournil.

Songeur, Gilles regarda son nouvel ami s'éloigner rapidement. Aller à l'école, comme il aurait aimé le suivre ! Mais comment pouvait-il s'imaginer un jour sur les bancs de l'école, lui un fils de charbonnier, un sauvageon qui avait grandi dans la forêt et dont la mère était accusée de sorcellerie.

Chapitre II

Sur le seuil, il hésita. Un escalier descendait dans l'entresol. Des claquements secs et vifs de martelets, des crissements de burins et des chants montaient de l'intérieur.

Brusquement, un grand homme d'allure revêche, vêtu de noir, la taille serrée dans un tablier de cuir, surgit sur le pas de la porte. Gilles recula.

— Que veux-tu ? demanda l'homme d'un ton bourru.

— Je… faut que je voie maître Raymond au plus vite. Je suis Gilles, son neveu de la forêt de Bétirac.

— Pour sûr, tu es bien chez maître Raymond ! Tu as de la chance qu'il soit chez lui. Je le préviens. Entre et assieds-toi, noiraud !

Après lui avoir désigné un tabouret au bas de l'escalier, il s'en fut au fond de la salle.

La lumière entrait abondamment par la porte

ouverte. C'était une vaste pièce voûtée. Le long du mur gauche, quatre hommes d'âges différents s'affairaient sur des établis massifs avec de petits outils : burins, cisailles, laminoirs, martelets, onglets, poinçons. Ils manipulaient avec soin des vases, des coupes, des aiguières ou des drageoirs. Sur la table du plus vieux d'entre eux brillaient des bracelets, des boucles et des pendentifs.

« Voilà de bien beaux objets promis sans doute à quelques riches et nobles dames, pensa Gilles. Cet oncle doit fréquenter les seigneurs. Il pourra sans doute nous aider. »

Et tandis qu'il essayait de se redonner du courage, ses yeux furetaient à travers la salle. En face, adossée au mur, se dressait une grande table couverte de parchemins. Au-dessus, sur une étagère, s'entassaient une balance aux plateaux minuscules et des pots en verre contenant des poudres rouges, bleues, noires et or.

Comme Gilles tendait le cou pour mieux distinguer les motifs d'arabesques et d'entrelacs dessinés sur les parchemins, la porte du fond grinça. Un homme dont le corps robuste et bedonnant était surmonté d'une figure ronde et rougeaude, surgit. Dans le visage qui lui semblait familier, Gilles reconnut les yeux bleus de sa mère.

— Grand Dieu ! c'est toi, Gilles, mon neveu. Voilà bien longtemps que je ne vous ai vus, toi et les tiens. J'espère que tu ne m'apportes pas de mauvaises nouvelles. Viens que je t'embrasse.

Gilles fut soulevé vigoureusement et reçut deux baisers sonores sur chaque joue.

Étourdi par cet accueil enthousiaste, le garçon ne

savait par où commencer son récit. Il tourna plusieurs fois la langue dans sa bouche, rassemblant ses mots :

— Heu ! je… je suis venu quérir votre aide, bredouilla-t-il. Il y a trois jours, c'était lundi. Ma mère avait plumé une poule, cuit le pain et un gâteau. C'était mon anniversaire. Mais je n'ai jamais eu ce repas de fête… Le bayle de Roqueblanche a surgi de la forêt, il s'est saisi de ma mère et l'a emmenée, l'accusant de sorcellerie.

Gilles s'arrêta de parler, l'émotion à la gorge. À ce mot de sorcellerie, il s'était fait un grand silence. L'enfant s'aperçut que tous, maître et apprentis, avaient abandonné leur besogne pour l'écouter attentivement.

Malgré son émoi et sa parole hésitante, il réussit à faire le récit précis des jours éprouvants qu'il venait de traverser.

« Je jouais ce jour-là autour de la maison quand, soudain, j'ai entendu une cavalcade. Cet endroit de la forêt est un vallon encaissé au pied de l'Espinousse. Il n'y passe que quelques rares chasseurs poursuivant le sanglier et le lièvre. Le père avait choisi cet endroit difficile d'accès pour faire plus facilement son travail de charbonnier. Les chênes blancs, les hêtres y sont abondants et produisent un bon charbon de bois.

Trois hommes d'armes, vêtus de cuir, l'épée au côté, se sont arrêtés devant notre maison. Leurs chevaux écumaient, ils avaient été menés rudement à travers la forêt. Le plus gros et le plus trapu des cavaliers prétendit être le bayle de Roqueblanche, il s'avança et demanda avec dédain si Douceline habitait bien ici.

— Oui, c'est moi, répondit ma mère, qui, inquiétée par le bruit des chevaux, était déjà sur le pas de la porte.

— J'ai ordre de t'emmener sur-le-champ, lui fut-il répondu.

Son visage pâlit. Mes deux petites sœurs, Agnès et Mathilde s'accrochèrent à ses jupes. Moi, j'étais abasourdi.

— Hélas! Quelles fautes ai-je donc commises? répondit bravement ma mère.

— Tu dois bien t'en douter. À vivre seule dans ces bois, j'ai dans l'idée que tu dois faire des besognes malfaisantes. Peut-être es-tu une sorcière ou, pire, une hérétique qui pratique la male foi. Suis-nous et emmène ton garçon.

— Seigneur, je suis veuve, protesta ma mère, il n'y a que mon fils pour s'occuper de ses sœurs. Elles sont jeunes et ne pourront survivre toutes seules. Par pitié!

L'homme me jeta un regard impatient et lança:

— Assez femme, trêve de braillage. De toute façon, je ne tiens pas à traîner des enfants. Amène-toi.

À ces mots, les deux autres cavaliers sautèrent de cheval et s'approchèrent, le geste brutal. Ma mère hésita, voulut parler, mais resta silencieuse de colère impuissante. Se tournant vers moi, elle me prit par les épaules:

— Gilles, mon fils, tu amèneras tes sœurs chez mon frère Guiraut. Je suis sûre qu'il les accueillera dans son mas le temps qu'il faudra. Tu iras, toi, à Roqueblanche voir mon autre frère Raymond qui est maître orfèvre. Peut-être pourra-t-il te prendre comme apprenti? Tu ne peux rester ici. Avant de partir, ferme bien la maison.

Hélas! Voilà un bien triste anniversaire! Tout cela doit être une malheureuse erreur.

Elle m'embrassa tendrement et deux larmes coulèrent sur ses joues. Agnès et Mathilde s'agrippaient à ses jupes de toutes leurs forces. Brusquement, sur un signe du bayle, les hommes d'armes lui arrachèrent mes petites sœurs. Elles se réfugièrent alors dans mes bras, criant, pleurant, réclamant leur mère. J'avais le cœur étouffé de révolte et de haine. Alors, pour les apaiser, je leur murmurai à l'oreille la promesse que, quoi qu'il advienne, je ferais tout pour la délivrer.

Ma mère marchait péniblement à côté des cavaliers. Chaque pas qui l'éloignait semblait une torture. Elle finit par disparaître derrière un gros rocher en nous jetant un regard accablé. Nous devinions que bien des jours passeraient avant de la revoir. Nous sommes restés là un long moment, pétrifiés de douleur.

La fraîcheur du couchant nous ranima. La maison était à cette heure-là froide et sombre. Nous ne pouvions partir tout de suite, la nuit avait pris place et j'aurais eu peur de courir les chemins à la noirceur. Je ne crains pas tellement les brigands, mais les farfadets, la chèvre du diable et le loup-garou. J'ai souvent entendu des histoires pleines d'épouvante rapportées par les paysans souffreteux qui venaient consulter ma mère.

Aussi je décidai d'attendre l'aube. Nous avons fait trois baluchons avec nos vieilles nippes. Mes sœurs ne manquèrent pas d'y mettre soigneusement leur poupée de chiffon.

Je ne dormis pas beaucoup, cette nuit-là. J'étais sous

le choc des événements de la journée. Je ne comprenais pas. Je ne voulais pas y croire. J'allais sans doute me réveiller de ce mauvais rêve. Mais notre couche, la seule de la maison, était bien vide et froide. Notre mère n'était plus là pour nous réchauffer de sa douce chaleur. Maintenant, il n'y avait plus personne pour veiller sur nos vies. Nous nous serrions les uns contre les autres pour éloigner la peur. Mes sœurs sanglotaient dans leurs rêves.

Dès les premières lueurs du jour, je rangeai soigneusement l'intérieur de la maison, pris le pain, le gâteau et du fromage pour la route. Nous bûmes dans de grands bols en bois le lait chaud de la chèvre. Enfin, je décrochai le chaudron de la crémaillère, comme j'avais déjà vu ma mère le faire lorsque nous partions pour plusieurs jours. Je le retournai sur les cendres froides après y avoir glissé les quelques provisions que je ne pouvais emporter.

Notre petite troupe chemina toute la matinée à travers bois. Plusieurs fois, je dus m'arrêter pour consoler mes sœurs inquiètes. Mathilde, surtout, qui n'avait jamais quitté notre mère. La forêt était son seul univers, elle s'y sentait à l'abri. Je leur contais le plaisir qu'elles auraient à vivre au mas de leur oncle. Avec ses animaux, ses terres bien cultivés et son moulin à huile. Mais j'aurais pu décrire le paradis, rien ne pouvait combler l'absence de leur mère.

Avec le soleil couchant, nous arrivâmes enfin à la lisière des terres sauvages. Des vignes s'étalaient à nos pieds. On distinguait un hameau au loin : le mas de l'oncle Guiraut.

Un groupe bavard nous entoura aussitôt. Il y avait Guiraut, sa femme Marguerite, leurs enfants et plusieurs paysans. Je remarquai que les terres défrichées autour de la ferme étaient beaucoup plus étendues que lors de ma dernière visite. Des bâtiments aussi s'étaient ajoutés. Ici on ne manquait de rien.

Les habitants du mas nous installèrent au frais dans la cuisine. Je contai nos malheurs et Guiraut nous offrit le gîte. Tout en le remerciant de son hospitalité, je lui expliquai que je voulais continuer ma route vers Roque-blanche afin de trouver le moyen d'aider notre mère.

— Holà! le foletoun! Que peut faire un enfant de ton âge contre les lois du seigneur? s'exclama mon oncle. On dit que la dame de Roqueblanche qui dirige la seigneurie en l'absence de son époux est une femme juste. Peut-être saura-t-elle démêler le mensonge de la vérité. Je sais bien, moi, que ma sœur n'est point sor-cière. Tous cela vient de quelques médisances. Il faut t'en remettre à la Providence. Il serait plus prudent pour toi de prier le Seigneur que de courir l'aventure.

Mais ces sages conseils tombèrent dans des oreilles bouchées. Je m'obstinai. Avant de me glisser une der-nière fois sous les couvertures avec mes sœurs, Guiraud me tendit un bol de vin chaud mêlé à du lait caillé. Fourbu, je m'endormis sur-le-champ.

À la levée du jour, je fis mes adieux, rassuré de voir mes sœurs en si bonne compagnie, mais, elles, elles ne voulaient pas me quitter. Elles ne comprenaient pas mon désir de partir, c'était un autre abandon. Leurs sanglots me brisaient le cœur. Je n'arrivais plus à trouver les mots pour les rassurer. Il fallait pourtant que j'aille à Roqueblanche pour connaître la vérité. Je dus partir en courant afin d'échapper à leurs lamentations.

Heureusement, Marguerite avait glissé dans ma poche une poignée de noisettes, un quignon et un morceau de lard pour la route. Je pus donc faire en deux jours de marche la distance qui me séparait de Roqueblanche sans trop souffrir de la faim.

C'est donc là, au pied de l'enceinte de votre ville, que j'ai passé la nuit dernière.

Chapitre III

Gilles se tut. Maître Raymond se lamenta.

— Que diable! Est-ce possible! Ah! misère de notre temps où les pauvres sont soumis au mauvais vouloir des seigneurs! Tu es joliment hardi pour un jeunet. Tu as bien fait de venir me voir. Pour l'heure, allons régaler notre carcasse. J'irai voir le bayle avant que cette histoire ne tourne à mal. Tout cela ne me dit rien qui vaille.

Gilles sentit de l'embarras derrière la bonhomie de son oncle.

Après un repas copieux avec viandes rôties et fenouil baignant dans une bonne sauce verte à l'ail, le tout généreusement arrosé de vin, chacun se dénicha un coin dans le jardin pour la sieste. Gilles, comme les autres, s'installa à l'ombre du majestueux laurier dominant la cour. Les événements des jours précédents avaient épuisé l'enfant; malgré ses efforts pour rester éveillé, il sombra rapidement dans un sommeil profond.

Lorsqu'il se réveilla, tous étaient déjà retournés au travail. Il s'aspergea le visage avec l'eau de la fontaine qui coulait au milieu du jardin et pénétra dans l'atelier. Maître Raymond était absent et chacun s'activait sans tenir compte de sa présence.

Ne sachant trop que faire, Gilles retourna dans la cour où la femme du maître s'affairait près du four. Elle avait un air revêche. Il la salua. Elle maugréa.

— Que fais-tu là à traînailler ? Raymond est sorti pour s'enquérir de ton affaire au château… À mon avis, tu aurais dû rester dans ta forêt. Il n'y a rien de bon ici pour toi. Si ta mère doit mourir sur le bûcher, telle est sa destinée. Que peux-tu y faire ? Je te trouve bien présomptueux d'aller à l'encontre de la volonté du Seigneur. Et puis, par Dieu, on n'a que faire d'une telle vilenie dans notre famille, les ragots vont aller bon train.

Elle était aussi maigre que son mari était gros et aussi sèche qu'il était jovial.

Révolté par des propos si cruels, Gilles repartit vers l'atelier. Il le traversa rapidement pour se retrouver dans la ruelle. Soulagé d'être à l'air libre, il sentait encore le regard de cette commère à la bouche malveillante peser sur lui. L'effroi lui montait à l'âme. Comment pouvait-on souhaiter la mort de quelqu'un dans de si terribles souffrances. Gilles s'en mordait les poings pour ne pas hurler sa peine.

Il marcha hagard au hasard des rues et des venelles du castrum. S'étant engagé par mégarde dans des impasses, il dut rebrousser chemin à plusieurs reprises. C'était un dédale de maisons construites sans ordre, au gré de la fantaisie de chacun et de la place disponible. En zigzaguant ainsi, il se retrouva devant le portail d'une église d'allure imposante.

Adossée au rempart du château, elle faisait partie des fortifications. Une grosse cloche au sommet du campanile sonnait none. Sous la violente lumière du soleil d'après-midi, la pierre blanche des murs était éblouissante.

Impressionné, Gilles y pénétra. Il n'avait jamais vu que la petite chapelle de pierre du village de Fourmendouye. Il y apportait, selon la saison, paniers de cèpes ou de châtaignes pour le curé. Ses yeux prirent quelques minutes pour s'accoutumer à l'obscurité. L'immense voûte de pierre, les piliers larges comme des chênes centenaires, la vaste nef le laissèrent ébahi.

Une femme effleura l'eau du bénitier, se signa et fit une génuflexion. D'autres, fichu sur la tête et jupe crottée, priaient en un murmure ininterrompu, à genoux au pied de l'autel de la Vierge Marie.

L'odeur d'encens et de cire brûlée, les reflets multicolores des vitraux faisaient tourner la tête de l'enfant. Défaillant, écrasé par la fatigue et la douleur, il s'appuya contre un des piliers qui soutenaient la voûte centrale. Ce Dieu devait être bien grand et bien puissant pour que des hommes lui construisent une si magnifique demeure. Il pria.

Des larmes coulèrent sur ses joues. Pour la première fois de sa vie, il se sentait abandonné, en grande détresse. Le courage qui l'avait soutenu jusque-là semblait le quitter. Il avait foncé, marché trois jours comme une bête aux abois. Son corps, plus que sa tête, s'était jeté sur la route. Maintenant qu'il se prenait à réfléchir, une douleur âpre lui tenaillait le cœur.

Le hululement d'une chouette cachée dans la voûte lui fit reprendre cœur et sens. Troublé, il sortit rapidement de l'église. En franchissant la lourde porte de bois incrustée de fer forgé aux mille arabesques, il toucha le talisman que lui avait donné son père peu avant sa mort. C'était une pierre de crapaud, verte et lisse, qu'il portait au cou dans un petit sac de toile. Trouvée par son père dans le lit d'une rivière, elle protégeait des maléfices et des envoûtements. Gilles voulait mettre toutes les chances de son côté.

Il était sans doute resté plus longtemps qu'il ne le croyait dans l'église. Le soleil ne laissait plus qu'une traînée sanglante dans le ciel, et la fraîcheur du soir gagnait le fond des ruelles. Il se souvint de l'invitation de son nouvel ami, mais autour de lui, toutes les maisons et les rues se confondaient. Il ne trouvait plus son chemin.

Il leva les yeux, son regard s'accrocha aux sculptures grimaçantes en haut du portail de l'église. Elles semblaient se moquer de lui. Têtes de mort, serpents, diables à la queue fourchue, flammes de pierre léchant les pieds des damnés, lion croquant la tête de martyrs. La gueule béante de l'enfer s'ouvrait sur la tête de l'enfant. Il frissonna.

Puis, se reprenant, il tourna le dos à ces chimères et se dirigea vers un mendiant assis sur les marches du parvis. C'était un vieillard chauve au nez crochu et à la barbe broussailleuse. Ses yeux fixaient le garçon avec un malin sourire.

— Hé! tu es perdu? Tu as l'air bien chagrin.

L'homme tapota d'une main flétrie la pierre à ses côtés pour l'inviter à s'asseoir. Gilles s'exécuta, silencieux.

— Hé bé! tu n'es pas bavard.

— Oh! j'ai assez bavardé pour aujourd'hui, répondit Gilles. J'ai tout dit, tout raconté, tant à mon oncle qu'à Notre-Seigneur. Je ne m'en sens pas réconforté pour autant.

— Quel malheur te frappe, petit, pour que tu sois affligé de la sorte?

— Je suis, murmura Gilles, comme toi, seul, sans toit et sans argent.

— Voyons, le soleil se lève pour toi tandis qu'il se couche pour moi. Et s'il est vrai que je n'ai ni toit ni argent, je ne suis plus seul puisque tu as eu la gentillesse de venir causer avec moi.

À ces mots, Gilles sourit à ce vieillard aux paroles réconfortantes.

— Tu sais, petiot, si j'ai appris une chose durant mes pérégrinations, c'est qu'il n'y a rien qu'on ne puisse réussir si on le désire fortement.

— Alors pourquoi es-tu mendiant? ne put s'empêcher de lui rétorquer Gilles.

— Peut-être que c'est la vie que j'aime. Homme de nulle part, le monde m'appartient. J'ai une histoire à te conter. Écoute.

« Sur une ville, je ne me souviens plus où, un jour est

tombée une ondée telle que chaque homme mouillé de pluie en fut saisi de folie. Tous perdirent leur bon sens, sauf un. Celui qui en réchappa dormait dans une maison quand cela eut lieu. Quand il eut cessé de pleuvoir, il sortit parmi les gens et les vit tous faire des folies.

« L'un allait en chemisette, un autre nu, pendant qu'un autre encore crachait en l'air. L'un lançait des pierres, un autre des morceaux de bois et un autre encore déchirait sa tunique. Certains s'imaginaient être roi et se tenaient fièrement les mains sur les hanches. L'un menaçait, l'autre maudissait. L'un jurait et l'autre riait. L'un parlait de tout et de rien, l'autre faisait des grimaces.

« Celui qui avait gardé son bon sens s'étonna très fort et vit bien qu'ils étaient insensés. Il cherchait partout un sage. Mais de sage il n'y avait plus.

« Parce que les fols le voyaient rester là tranquille, ils pensaient que c'était lui qui avait perdu l'esprit, car ce qu'ils faisaient, ils ne le lui voyaient pas faire. Chacun d'eux se pensait sage et sensé.

« Alors un des fols le frappa à la joue, un autre au cou. Il tomba. L'un l'empoigna et l'autre le mordit. Il crut pouvoir sortir de la cohue, mais l'un le rattrapa et l'autre le tirailla. Il reçut des coups, se leva et retomba. Finalement, à grandes enjambées, il réussit à s'enfuir vers sa maison. Il était plein de boue, à demi mort. Il eut grande joie de leur avoir échappé.

« Cette fable, enfant, est à l'image des hommes qui nous entourent. Quel est le fol? Quel est le sage? Il faut toujours y regarder à deux fois.

Gilles en resta déconcerté. Puis, se souvenant de la question qu'il voulait poser au vieillard :

— Sais-tu où se trouve la rue du Fournil?

— Prends par la rue de l'Église, tourne à main gauche à la boutique du savetier ; là, suis le chemin des Amandiers et, au bout, tu trouveras la rue du Fournil.

Gilles le remercia et partit en courant. Il n'entendit pas les derniers mots murmurés par le vieil homme :

— Que le Père des bons esprits te garde et te mène à bonne fin !

Chapitre IV

— Eh! as-tu trouvé ce que tu cherchais? lui demanda tout de go le jeune pâtissier.

— Bé, non! Euh… oui!

— Eh bien, moi, j'ai passé une mauvaise journée. Le moine n'en avait qu'après moi : attention à votre écriture, lisez plus fort, arrêtez de gigoter. Taratata… Ça n'en finissait plus. Je crois que je ne suis pas fait pour les études. D'ailleurs, me vois-tu clerc, moi qui ne pense qu'aux gâteaux et à la pâtisserie? Je suis fils de pâtissier et je serai pâtissier. C'est un beau métier que de régaler les gens!

Gilles ne l'écoutait plus. Il se voyait assis sur un banc d'école, une plume à la main, s'appliquant à dessiner des lettres enluminées de fins motifs à l'encre d'or. Comme sa mère serait fière de lui… Sa mère!

— Dis, où se trouve la prison du château?

— Hé! le fol! Personne ne s'aventure par là. On y

entre plus facilement qu'on en sort. Brr… Tu dois traverser la haute cour, descendre par la porte nord du donjon. Et puis il faut une permission du seigneur ou de sa dame pour visiter les mis aux murs.

Gérard fixa Gilles d'un air intrigué :

— As-tu de la famille par là ?

— Tu ne crois pas si bien dire. Ma mère y est enfermée et je voudrais l'aller voir.

— Écoute, demain c'est l'Assomption, une grande fête. Avant la messe, la Dame accorde toujours audience devant le parvis de l'église. Présente-toi, peut-être seras-tu entendu.

Le cœur de Gilles se mit à battre.

— Tu crois que j'ai des chances ?

— Essaye toujours. Donnons-nous rendez-vous demain avant prime, à côté de la fontaine en face de l'église, je viendrai avec toi. Mais pourquoi ta mère est-elle en prison ?

— Ma mère aide et soulage les gens malades et les femmes enceintes. Elle connaît l'usage des simples. Cette science lui vient de sa mère. Elle m'a appris à reconnaître les herbes médicinales. Je les cueille aux quatre coins de la forêt : verveine, belladone, millepertuis, serpolet, basilic. Les gens viennent de loin pour la consulter. Mais maintenant, elle est accusée de jeter le mauvais sort.

Gilles coupa là ses explications, il valait mieux passer pour fils de sorcière que pour fils d'hérétique.

Gérard, qui n'avait pas le cœur au malheur, l'invita à jouer aux osselets dans sa cour. Au bout d'un moment, Gilles s'arrêta ; lui, il n'avait pas la tête au jeu.

— Voudrais-tu me montrer à lire? dit-il.

— Ah non! Assez réfléchi pour aujourd'hui! Le monde est décidément bien mal fait, celui qui peut apprendre ne veut pas et celui qui ne peut pas veut!

— Alors peux-tu me montrer un livre? insista Gilles.

Il n'y avait qu'un livre dans cette maison. Une bible donnée au père de Gérard par la châtelaine. Elle voulait ainsi le remercier des pâtisseries qu'il avait faites pour un banquet qu'elle avait donné en l'honneur du comte de Béziers. Celui-ci revenait alors de la croisade en Palestine avec le roi Louis.

— Quel banquet! se rappela Gérard. J'aidais mon père aux cuisines. Je me suis caché derrière les tentures pour admirer la table montée dans la salle d'apparat. J'en rêve encore. Le festin dura jusque tard dans la nuit. J'y ai vu défiler presque tous les animaux de la création... perdrix, canards, poules, suivis de différents poissons, puis vinrent chevreuils, sangliers, cerfs. Et encore des cygnes, des paons et des cailles à la queue déployée. Et les desserts! Des gaufres couvertes de miel, des gâteaux aux amandes, des pâtes de fruits, des dragées, de la confiture, des fruits confits.

Gérard s'interrompit, essoufflé, les yeux brillants de gourmandise.

— Quant au livre, reprit-il, je ne peux y toucher que le dimanche. J'y lis à haute voix quelques lignes devant la famille. Je suis le seul à savoir lire, enfin, à savoir déchiffrer ces signes qui ressemblent à des pattes de mouches. En plus c'est du latin, maudite langue de moine que je n'entends pas. Tout mon malheur vient de cette bible ; depuis que mon père l'a reçue, il s'est mis en tête de me faire instruire. Quel cadeau !

Gilles suivit le jeune pâtissier dans la grande salle. Sur un lutrin, près de la fenêtre, trônait un gros volume relié en cuir et incrusté d'or. Gilles s'en approcha :

— Mon père savait lire, murmura-t-il.

Il revoyait son père assis près de l'âtre, tenant dans ses mains un livre énorme, sombre et lourd. Les yeux rivés à des signes mystérieux, il murmurait tandis que sa femme, assise à ses pieds, semblait perdue dans de pieuses rêveries. Il y avait si longtemps.

— Tu devrais retourner chez maître Raymond avant le couvre-feu, dit Gérard. Les gens d'armes font des rondes toute la nuit pour surprendre les voleurs. Il vaut mieux ne pas se trouver sur leur chemin. Au début de l'été, un de nos apprentis est sorti en pleine nuit pour porter un plat chez un bourgeois. Au retour, il s'est fait arrêter par la patrouille. Il a fini la nuit en prison.

Gilles prit congé de son ami et retourna chez son oncle. En chemin, il croisa un troupeau de moutons qui faillit l'entraîner jusqu'à l'étable de la ville. Pressés d'arriver à leur abri, les bêtes emplissaient l'étroite rue en une vague emportant tout sur son passage. Les cloches sonnaient le couvre-feu, Gilles hâta le pas. Au même instant, les sentinelles chargées du guet abaissaient les barres de la grande porte. Ce soir, il serait en sécurité du bon côté du mur.

Gilles poussa la porte de l'atelier. La table avait déjà été montée et les apprentis finissaient de se laver à la fontaine.

Après un repas frugal fait d'un brouet aux tripes de porc, accompagné de fromage, maître Raymond le prit à part.

— Petit, il m'est pénible de te le dire, mais ta mère est bel et bien accusée d'hérésie; de plus, elle était la femme d'un hérétique ou, si tu veux, d'un homme qui pratiquait cette nouvelle religion qui renie l'Église de Rome.

— Mais mon père est mort il y a longtemps! s'exclama Gilles.

— Si fait, elle est sa veuve et porte la responsabilité des actions de son défunt mari. Des rumeurs vous accusent d'accueillir régulièrement un Parfait, un de ces hommes qui prêchent cette foix impie. N'en doute pas, c'est une rude affaire! Le bayle, Baudouin de son nom, gouverneur de la cité, est féroce contre les hérétiques. Vous voilà en plein bourbier de malheur.

Il se tut et tapota affectueusement les joues de l'enfant.

— Viens, petiot. Tu coucheras avec Arnaud et Jacques, mes plus jeunes apprentis.

Un escalier de bois menait à l'étage. C'était une grande salle dans laquelle trônait un énorme lit. Le lit du maître et de sa femme. Contre les murs s'alignaient plusieurs bacs sur lesquels étaient posés de grands sacs d'étoffe rembourrés avec de la paille. Les couches des apprentis.

L'enfant se glissa dans celle qu'on lui indiqua près du dénommé Arnaud. Celui-ci dormait déjà. Gilles le bouscula un peu pour se faire une place.

Le maître moucha les chandelles et se coucha flambant nu dans le grand lit. Un si grand lit pour seulement deux personnes, se dit Gilles, voilà des gens bien à leur aise.

Les yeux grands ouverts dans la nuit, Gilles, inquiet, ruminait les dernières paroles de son oncle. Il ne se souvenait plus guère du visage et de la voix de ce père qui les avaient quittés depuis si longtemps. De raviver ce souvenir lui laissait le cœur à vif. Leur père s'en était allé un jour de froidure, au village, pour vendre son charbon de bois. Il n'en était jamais revenu. C'était peu de temps après la naissance de Mathilde. Douceline lui avait seulement dit que son homme, courageux et pieux, avait eu une bonne fin et que désormais il devait être un des compagnons du Père des bons-esprits, au paradis. Mais, pour eux qui étaient restés en vie, cet hiver-là fut terrible.

Aujourd'hui, il savait ce que « bonne fin » voulait dire. C'était mourir en gardant dans son cœur la vraie foi, celle des hérétiques, des Bons Croyants et des Parfaits, et cela malgré les souffrances et les persécutions, malgré le bûcher.

Gilles finit par sombrer dans un sommeil aussi lourd que son chagrin.

Chapitre V

— Allons, debout! cria Arnaud, le voisin de lit de Gilles, qui le secouait ferme.

— Allez! Dépêche-toi! Le maître n'aime pas les paresseux. Ici, même les jours de fête, il faut se lever avant le soleil.

À contrecœur, Gilles mit ses culottes, saisit son bliaud et sa ceinture. Il les enfila tout en descendant les escaliers quatre à quatre.

— Je vais à l'église. Dis au maître que je serai de retour à midi, lança-t-il.

L'aube était à peine levée. L'enfant, encore ensommeillé, remontait la rue des Artisans. Plus il s'approchait du centre de la cité, plus les maisons étaient entassées les unes sur les autres. Le moindre espace était habité. Aux abords de l'église, les villageois marchaient d'un pas hâtif.

Arrivé près du parvis, Gilles reconnut avec déplaisir les têtes grimaçantes du portail. Devant la porte grande ouverte trônait une simple chaise en bois garnie de coussins de soie bleue. À côté, un vieux clerc, barbe jaune et crâne lisse, tenait sur ses genoux une écritoire. Plusieurs notables s'affairaient alentour et discutaient avec force gestes. Le son du clairon retentit et un crieur public s'égosilla à annoncer l'arrivée de la châtelaine. Une allée se forma parmi les badauds, et la dame, accompagnée d'une jeune fille, apparut. À son côté, Gilles reconnut le bayle. Son cœur se serra.

La dame gravit les marches du parvis, se retourna et salua la foule de plus en plus dense. Un cercle se forma autour d'elle et tous applaudirent lorsqu'elle s'assit. Elle était visiblement aimée et appréciée du peuple.

Il faisait grand jour maintenant. Le bayle leva la main d'un air sévère et la foule retomba dans le silence. Seul le clapotis de la fontaine se faisait entendre :

— En ce jour de l'Assomption de l'an 1256 et au nom du seigneur de Roqueblanche, je vais écouter vos doléances et tâcher d'y apporter une juste solution, dit la dame. Peire, maître savetier, avance et présente ta requête.

Un homme petit mais corpulent s'avança, fit une génuflexion et conta sa chicane.

Gilles sentit à l'instant quelqu'un lui tirer la manche, il se retourna et vit le grand sourire de Gérard :

— Bravo, tu es à l'heure. Mais tu n'es pas inscrit sur le registre et dame Béatrice n'écoute que ceux dont le nom y figure. Le bayle prépare ces listes, et il a la réputation de n'y inscrire que ceux qui ont l'amabilité de lui offrir quelques cadeaux. Le maudit !

— Alors, pourquoi me fais-tu venir ? rétorqua vivement Gilles.

— Du calme ! À la fin des audiences, tu te précipiteras pour lui parler avant qu'elle n'entre dans l'église. À toi de trouver les mots justes. Viens, approchons-nous.

En enfant habitué aux foules, Gérard prit Gilles par la main et se faufila entre les hanches larges et les panses rebondies. Ils poussèrent tant et si bien qu'ils se retrouvèrent projetés au milieu de l'assistance. Quelques commères maugréèrent.

Ce brouhaha interrompit dame Béatrice. Les deux garçons restèrent pétrifiés. Surprise, elle leur sourit tout en continuant de rendre son jugement.

Gilles était maintenant à deux pas de la dame et de la jeune fille. Toutes deux étaient vêtues d'une robe de mousseline, l'une bleue, l'autre violette. De fines broderies soulignaient leur cou et leurs poignets. Des galons d'or ornaient leur longue chevelure de jais. Gilles n'avait jamais rien vu de si beau. Il était tout à son admiration lorsque Gérard murmura :

— Ça va être ton tour.

Au moment où dame Béatrice bénissait la foule, Gilles reçut une bourrade qui le projeta vers les marches.

Rouge de honte, il marmonna :

— Dame, ma mère est…

— De quel droit, morveux, oses-tu t'adresser à notre châtelaine ? Tu sauras que les requêtes doivent d'abord m'être soumises, interrompit le bayle.

La dame leva la main en signe d'apaisement et se tourna vers Gilles :

— Enfant, n'aie crainte. Normalement, il est vrai que je n'accorde audience qu'aux requêtes inscrites au registre. Mais, par le cœur de Dieu, je ne peux refuser la parole à un enfant en si grand émoi. Je t'écoute.

— Ma dame, reprit Gilles, terrifié, ma mère est dans vos prisons et je sollicite votre faveur pour lui rendre visite. Je suis du bois de Bétirac et ne connais pas les usages de votre cour. Pardonnez-moi si j'ai commis une offense.

— Je te pardonne de bon cœur, mais que fait ta mère dans mes geôles?

Le bayle lui murmura à l'oreille.

— Il pèse sur ta mère de graves accusations, mais je ne suis pas femme à séparer les familles, je sais trop ce qu'il en coûte aux mères d'être séparées de leurs enfants. Présente-toi après les vêpres aux portes de la prison.

Sans autre explication, elle se leva, prit par la main la jeune fille et pénétra dans l'église. Le bayle les suivit, ravalant son dépit.

Gilles était partagé entre la joie et la crainte. Heureux de revoir sa mère, mais troublé par les regards assassins du bayle.

Ballottés par la foule, les deux enfants furent presque portés à l'intérieur de l'église.

Elle était somptueuse. Tout était prêt pour la grand-messe. Les abbés en vêtements sacerdotaux attendaient la dame et sa cour. Elle pénétra dans le chœur, suivie de la jeune fille, et s'assit dans un fauteuil qui lui était réservé. Gilles les observait maintenant à travers les grilles qui entouraient le chœur et séparaient le petit peuple debout des seigneurs assis.

Vêtements, lumières, vitraux, tout était multicolore, éblouissant. Gilles se disait que le paradis devait ressembler à ça. Il était ébahi et émerveillé. Cependant lui revenaient en tête les enseignements de sa mère : pourquoi enfermer Dieu dans les églises si le monde lui appartient ?

Il en était là de ses réflexions lorsque Gérard lui donna un coup de coude dans les côtes pour qu'il regarde vers le chœur où l'abbé donnait la communion à la jeune demoiselle.

— C'est pas une belle fille ? ricana Gérard.

Gilles fronça les sourcils et recommença sa prière. Malgré lui, ses yeux revenaient vers la jeune fille. Son esprit était ailleurs.

Quand enfin retentit le *Ite missa est,* les deux enfants avaient depuis longtemps le feu au derrière, impatients de courir la fête.

La place avait retrouvé son animation coutumière. Le soleil était haut et faisait resplendir les guirlandes de fleurs multicolores accrochées aux balcons et aux fenêtres. Aux maisons des plus riches étaient suspendues de magnifiques tentures de soie bleue et pourpre. La bannière de la ville flottait au haut du campanile de la place du marché : rouge et or, un écu en damier noir et blanc surmonté de trois fleurs de lys. Le seigneur avait fait ajouter ces fleurs en signe d'allégeance au roi de France.

Oublieux de sa tristesse, Gilles se laissa happer par les élans de la foule en liesse.

Une troupe de jongleurs s'installa au milieu de la place. La foule applaudit. Les jongleurs, émoustillés, multiplièrent cabrioles et pitreries. Le premier déclama une fable, le second toucha de la vièle et le troisième chanta. La foule, joyeuse, reprit le rythme endiablé et tous se mirent à taper du pied. Une ronde se forma. Les danseurs, virevoltant, la transformèrent peu à peu en farandole. Hommes et femmes se donnaient la main, cavalaient, bondissaient et enfilaient les rues et les ruelles jusqu'à la place du marché. À cet endroit, la farandole se noyait dans la cohue.

Plus loin, un montreur de marionnettes faisait rire grands et petits à beaux éclats : un paysan tapait de toutes ses forces sur un bayle. Tous en connaissaient un à qui ils auraient donné avec jubilation une aussi vigoureuse bastonnade.

Gilles se faufila dans un groupe silencieux qui admirait un lanceur de couteaux. Une lame fendit l'air. La foule retenait son souffle. Le couteau se ficha à quelques centimètres de la tête d'une femme adossée à une large planche. Un autre siffla, puis un autre encore. Bientôt le contour de la femme fut hérissé de lames.

Au-dessus de la mêlée, un funambule marchait, ou plutôt dansait, sur un fil tendu entre deux maisons richement décorées.

« Un coup de vent pourrait l'emporter », pensa Gilles.

— Viens voir la vieille diseuse de bonne aventure, dit Gérard. Elle lit l'avenir dans les mains. As-tu quelques sols ?

— Te moques-tu? Personne ne peut deviner les chemins que Dieu nous réserve. Ce sont des tromperies qui pourraient nous porter malheur.

— Nigaud! Ce ne sont que balivernes de vieille folle. Bon! Allons plus loin, je connais un conteur qui dit la chanson de la croisade albigeoise.

Gilles le suivit à contrecœur, il connaissait dans sa chair cette histoire de guerre que la France du Nord livra contre le Midi sous les ordres d'un pape mécréant. Il savait bien qu'il venait d'une famille de Bons Chrétiens, de ceux qui pratiquaient la nouvelle religion. Les principes de vie que sa mère lui avait inculqués tout au long de son enfance allaient dans ce sens. Mais depuis la chute de Montségur, dernier refuge des Bons Croyants, le jour même de la naissance de Gilles, aucun hérétique n'était plus en sûreté. Ses grands-parents étaient morts à Béziers, brûlés avec deux cents autres suppliciés. Son père, qui avait alors à peu près l'âge de Gilles aujourd'hui, fut recueilli par Guilhem, un ami de la famille. C'était un Bon Homme, un Parfait comme on les appelait respectueusement. Il avait élevé cet enfant dans l'esprit des cathares. Et maintenant c'était à son tour de souffrir de toutes ces haines où se mêlent pouvoir et foi.

« Pourtant l'important n'est-il pas de prier Dieu? se disait Gilles. La manière a peu d'importance. »

En réponse à ses pensées, un homme mince, aux cheveux longs, déclama en mots sonnants et violents :

Tout château résistant, toute ville rétive
Seront pris par la force et réduits en charniers.

Qu'on n'y laisse vivant pas même un nouveau-né.
Ainsi sera semée l'épouvante salubre
Et nul n'osera plus braver la Croix de Dieu.

Gilles se sentit faillir. Il s'éloigna à grandes enjambées.

Du montreur de marionnettes au joueur de flûte, des jongleurs au funambule, du cracheur de feu au lanceur de couteaux, les garçons passèrent la journée à courir les places et les rues de Roqueblanche.

La jeunesse de la cité faisait bombance et mettait en perce les fûts de vin joyeux installés devant chaque auberge. En bruyantes farandoles, les jeunes filles troussaient leur jupe. Chansons et braillements s'élevaient de chaque ruelle. Tambourins, galoubets, timbalons et cymbalettes sonnaient la fête à faire tomber Dieu des nues.

Les cloches du campanile se mirent soudain à sonner les vêpres.

Chapitre VI

— Ma mère est-elle donc prisonnière du diable?

Gilles descendait les marches raides et glissantes d'un escalier en colimaçon. Une eau visqueuse suintait des murs. Une odeur de moisissure et d'humidité emplissait ses narines. Chaque pas semblait le rapprocher des entrailles de la terre.

Quelques mètres plus bas luisait la lumière vacillante du flambeau que tenait à bout de bras le geôlier. L'homme s'arrêta. Gilles se retrouva coincé entre le mur et ce visage bouffi qui, dans cette pénombre, ressemblait au Malin lui-même. Son haleine sentait l'ail et le vieux tonneau. Il s'était retourné pour voir si Gilles était toujours derrière lui. Avec un grognement, il lui fit signe de le suivre dans un étroit couloir. Sur les murs se découpaient de basses et lourdes portes de bois. Derrière chacune s'agitaient et se lamentaient des êtres perdus dans le désespoir ou la folie. Gilles vit surgir une main décharnée à travers un judas. Un mouvement de côté lui évita de la recevoir en plein visage.

— Par pitié, je suis innocent, sortez-moi de là !

L'appel se termina par un rire sinistre. Gilles se demandait s'il aurait le courage de continuer lorsque son guide introduisit une énorme clef dans la porte au fond du couloir.

— C'est là !

Un déclic, un grincement de porte et soudain il fut dans les bras de sa mère. Il pleura comme jamais il n'aurait cru en être capable. Sa mère le couvrit de baisers.

Gilles voulait parler, mais rien ne lui obéissait. Ni sa bouche, ni sa tête. Il était là comme un enfançon.

— Pour l'amour de moi, Gilles, arrête de pleurer, parle-moi de tes sœurs. Comment es-tu arrivé jusqu'ici ? As-tu vu mon frère Raymond ? lui demanda-t-elle en caressant tendrement sa tignasse.

Peu à peu, l'enfant retrouvait son calme. Hoquetant, il finit par lui faire le récit des derniers jours.

Tout en parlant, le garçon jetait un regard incrédule autour de lui. C'était un minuscule cachot froid et humide. Les pieds de sa mère étaient entravés par une lourde chaîne fixée au mur. Au fond, une litière à la paille moisie. Aucune fenêtre. Elle qui avait toujours cherché à soulager les misères de ses semblables, elle se trouvait dans la pire infortune. Un tombeau avec pour seule compagnie la vermine.

Douceline, malgré sa détresse, trouva la vigueur de ravauder à sa façon l'espoir de son fils. D'un coup d'œil, elle vérifia si le geôlier n'était pas dans les parages, puis lui dit :

— Grâce à Dieu, tu es courageux. Je suis fière de toi. Mais tu devras, pour ta sauvegarde et celle de tes sœurs, être plus vaillant encore.

Il redressa la tête pour ne plus perdre une parole, un sourire, une larme. Sa mère était encore l'unique femme de sa vie et, pour elle, il était prêt à tous les courages. Le visage encore beau de sa mère portait les marques des peines et des privations. Sa réserve et sa mise modeste cachaient une vitalité, une volonté de survivre qui stimulèrent Gilles. Ils s'en sortiraient ! Il en avait maintenant la certitude !

— Écoute-moi, il y a chez nous de caché un livre dangereux.

Elle se baissa pour lui baiser le front.

— En vérité, ce livre peut faire notre malheur. Il te faut le retrouver et le brûler. Le bayle va faire fouiller toute la maison pour découvrir une preuve de notre appartenance à la vraie foi. Ce que je te demande est périlleux. Il est caché dans un sac de toile sous les pierres du four. Je prierai pour que Dieu te vienne en aide.

Il allait promettre de le retrouver quand le gardien reparut :

— Alors, petit, tu veux finir tes jours ici, toi aussi ?

Après force embrassades, la mère et le fils finirent par se séparer. Malgré l'endroit sordide où il la laissait, Gilles se sentait tous les courages.

Il se retrouva à l'air libre. Dans son dos, le geôlier refermait la porte du donjon. Il prit le petit chemin caillouteux qui longeait la muraille. Passant à côté d'un escalier qui menait au chemin de ronde, il ne put résister, cette fois, à la tentation d'y grimper. Il gravit rapidement la volée de marches jusqu'aux créneaux.

Devant lui s'étalaient garrigue, pinèdes, champs de lavande, terrasses d'olivettes et de vignes à perte de vue. Au nord, se dressaient des montagnes bordées par la tache sombre d'une forêt. Sa maison devait être par là.

— Que fais-tu là, pouilleux, sur le chemin de ronde de notre château?

Il reconnut la jeune fille qui accompagnait la dame le matin même à l'église. Mais elle avait changé. Fini les robes, les rubans et les soies. Habillée à la garçonne, elle portait un simple surcot de toile verte laissant apparaître les larges manches blanches de sa chemise. Ses longues jambes étaient moulées dans des braies rouge vif. Ses cheveux ramassés sous un bonnet du même rouge, piqué d'étoiles d'or, faisaient ressortir les traits délicats de son visage. Un fin poignard était glissé à sa ceinture.

— Tu ne réponds jamais lorsqu'on te pose une question? Tu étais plus bavard ce matin sur le parvis de l'église.

— Je suis venu admirer le lointain du haut des remparts et chercher ma maison.

— Tu voulais voir ta maison. Où est-elle donc?

— Quelque part dans la forêt, là-bas, au pied de l'Espinousse.

— Tu habites la forêt?

— Oui, mon père était charbonnier de son état. D'ailleurs, j'y retourne au plus vite.

— J'aimerais connaître la forêt de Bétirac, c'est bien son nom? On dit qu'elle est magnifique. Mais on raconte aussi que des esprits malfaisants l'habitent.

— N'en doutez pas, toutes sortes d'esprits y rôdent, surtout la nuit.

Après un bref silence, il poursuivit afin de garder l'intérêt qu'elle semblait lui porter :

— Il s'agit de savoir leur parler.

— Je veux t'accompagner! s'exclama-t-elle.

Gilles comprit qu'il avait trop parlé. Pas question qu'il retourne chez lui en compagnie de cette fille.

— Grand Dieu! ce n'est pas une route pour une jeune fille, dit-il sèchement.

— Écoute, il est très important pour moi d'aller dans cette forêt; mais ma mère me l'interdit. Et puis je suis meilleure cavalière que n'importe quel damoiseau. J'ai aussi un cheval rapide, ajouta-t-elle. Je t'offre la monture et tu me sers de guide.

Gilles se rendait compte qu'il ne serait pas aisé de refuser. Il ne trouvait plus d'argument à lui opposer. Partir avec elle lui permettrait, bien sûr, d'arriver chez lui avant la fouille du bayle. Mais pouvait-il prendre le risque qu'elle découvre la vraie raison de son retour? Par ailleurs, aider la fille du seigneur contre la volonté de sa mère pouvait lui coûter cher. Il hésitait encore lorsqu'elle déclara avec fermeté, en fille habituée à commander :

— Je serai demain à l'aube avec mon cheval devant la porte aux bergers. Si tu n'y es pas, tant pis pour toi !

Sur ces mots, elle disparut par la porte d'une des tours de garde.

La journée tirait à sa fin, et Gilles devait se dépêcher afin d'arriver à temps pour le souper. En entrant dans la salle, il ne vit que les reliefs du repas sur la table.

— Voilà le vagabond de retour ! s'exclama la maîtresse de maison. On ne t'a jamais appris à prévenir tes hôtes de tes va-et-vient ? Tu sauras que ma maison n'est pas une auberge. Qui y reçoit le gîte doit se plier à ses usages.

— Vous n'aurez plus à pâtir de moi, je repars demain, lui rétorqua Gilles.

Cette matrone avait la peste à la bouche. Dans son dos, Gilles entendit Raymond qui demandait.

— Et où iras-tu, petiot ?

Gilles ne voulait pas répondre devant la femme. Il alla à la fontaine et, tout en se lavant, raconta sa journée à son oncle.

— Pour l'heure, s'exclama Raymond, tu t'es bien débrouillé ! Mais attention de ne pas te faire trop remarquer des gens du château. Ce n'est jamais bon, surtout avec le mauvais sort qui s'acharne sur ta famille. Retourne donc chez toi et restes-y tranquille.

Gilles devinait de l'embarras chez cet homme. Il ne lui parla pas de sa rencontre avec la jeune châtelaine, ni de la façon dont il comptait rentrer chez lui, de crainte que son oncle ne le retienne.

L'orfèvre aida son neveu à préparer son paquetage. Il lui fit des recommandations sur le chemin à suivre et lui souhaita bonne chance.

Gilles se coucha le ventre vide, mais avec au cœur le petit pincement que ressent celui qui découvre pour la première fois qu'un sourire de jeune fille peut rendre la vie plus belle.

Chapitre VII

Au chant du coq, Gilles se hâta vers la porte des Bergers. Les hommes du guet en soulevaient la lourde barre, aussi grosse qu'un tronc d'arbre. Ils abaissèrent rapidement le pont-levis. Le couvre-feu tirait à sa fin et ils voulaient en finir avec cette corvée. Ensuite, ils seraient libres de leur nuit jusqu'au prochain tour de garde. Chaque habitant devait au seigneur deux nuits de garde par mois, et peu avaient les moyens de se payer un remplaçant.

Gilles entendit le pas d'un cheval et se faufila rapidement derrière un tas de fumier. La vie lui avait appris à se méfier des cavaliers. Le cheval s'arrêta en piaffant. Une jeune fille fredonna une ballade.

Le garçon sortit de sa cachette et marcha vers la cavalière. Feignant un air désinvolte, il la salua et se planta solidement près du cheval.

La jeune fille lui tendit la main. D'un élan, il essaya

d'enfourcher l'animal, mais il se retrouva cul à terre. La cavalière éclata de rire. Elle approcha son cheval d'un tonneau ventru afin que, juché dessus, il puisse se hisser plus facilement. Ce n'était pas aujourd'hui qu'il pourrait faire de l'esbroufe auprès d'une fille, se dit-il tout déconfit.

— Passe tes bras autour de ma taille.

Confus, Gilles enlaça la jeune fille sans oser s'agripper à ses hanches. Sous son accoutrement de garçon, elle restait frêle et fragile.

La porte franchie, ils se retrouvèrent sur la route à flanc de colline qui menait au prieuré de Saint-Julien. L'alezan, docile, galopait régulièrement. Les deux enfants n'échangèrent pas un mot pendant un long moment.

Ayant chevauché ferme toute la matinée, Gilles fut surpris de n'être qu'à quelques lieues de la maison de son oncle Guiraut. Les indications de maître Raymond avaient été utiles.

Sentant ses sœurs si proches, Gilles aurait voulu s'arrêter pour aller les réconforter. Pour leur dire qu'il avait vu leur mère et qu'il était certain qui tout allait s'arranger. Mais il fallait qu'il arrive au plus vite chez eux et, surtout, il ne voulait pas s'empêtrer dans des explications malaisées avec l'oncle Guiraut.

Près des premiers arbres de la forêt, ils s'arrêtèrent pour manger un morceau. Le corps en guenille après une telle chevauchée, Gilles écoutait les bavardages de la jeune fille.

Elle lui parlait des chevauchées qu'elle faisait souvent autour du château. C'était la première fois qu'elle se risquait seule si loin et elle n'en était pas peu fière. Avec son frère jumeau, elle parcourait la contrée et participait à tous les exercices d'apprentissage d'un fils de seigneur. Ils étaient inséparables. Ainsi avait-elle appris le maniement de l'épée et de l'arc. Mais, depuis qu'Ainery était parti avec leur père en Terre sainte, rien n'était plus pareil au château. Sa mère la confinait dans la chambre des dames. Elle voulait dompter la sauvageonne qu'elle était devenue en compagnie de son frère et faire d'elle une jeune fille digne d'un beau mariage. Mais la demoiselle n'en faisait qu'à sa guise. Rien ne pouvait entraver son désir de liberté.

Gilles écoutait distraitement. Elle vivait dans un autre monde que le sien. Ses problèmes de fille de châtelain ne le concernaient pas. Maintenant qu'il approchait de chez lui, il ne songeait qu'à la quitter au plus vite.

— Tu me trouves bien écervelée, n'est-ce pas, d'être venue jusqu'ici? Je te l'ai déjà dit, ce n'est pas uniquement la curiosité pour la forêt qui m'amène. Ma grandmère habite de l'autre côté de cette forêt et je dois l'aller voir absolument. J'ai moi aussi mes secrets. Nous irons la voir une fois que nous serons passés chez toi.

À ces mots, Gilles se redressa.

— Il n'est pas question que vous veniez chez moi… pas plus que je n'irai chez votre grand-mère. Je vais vous indiquer le chemin à suivre pour la rejoindre. Nos chemins se séparent ici.

Après lui avoir donné les indications nécessaires, Gilles se dirigea vers la forêt, bien décidé à poursuivre son chemin seul. Mais la jeune fille sauta lestement sur son cheval et le rattrapa en quelques foulées.

— Retournez en votre château! Vous ne connaissez rien à ma vie et, sacredieu, tenez-vous en là!

Gilles continua à marcher. La cavalière le suivait, sans mot dire, son cheval au pas. Ils avancèrent ainsi quelque temps. Gilles sentait ses pieds s'alourdir. Il entendait le pas du cheval et avait l'impression de traîner un fardeau.

— Je tournerai en rond dans la forêt aussi longtemps qu'elle sera à mes trousses, se répétait-il.

Il était pourtant fier d'être suivi avec obstination par une fille de châtelain. Le soleil commençait à baisser. Les cigales s'étaient tues.

Gilles ralentit le pas. Il feignait de ne plus s'occuper de la cavalière tout en demeurant attentif au pas de la monture.

Le garçon gravissait un raidillon lorsque le cheval se cabra. Rétif, celui-ci refusait de gravir la pente.

« Enfin, elle va abandonner », pensa Gilles.

Il continua à grimper lestement. Plus bas, la jeune fille s'égosillait en vain après sa monture. Soudain il y eut un bruit sourd, puis le silence.

L'obscurité avait gagné le fond du ravin et Gilles ne voyait plus rien. Qu'était-il arrivé? En dévalant la pente abrupte, il entendit s'éloigner le galop d'un cheval.

Il chercha la jeune fille à travers les taillis épineux et les broussailles touffues. Il distingua une tache blanche dans un creux de terre. Il s'en approcha doucement. C'était elle!

Il se précipita. Était-elle mourante? Seigneur, qu'allaient-ils devenir? Ce n'étaient pas les brigands ou les esprits qu'il fallait craindre, mais les accidents stupides. Décidément, cette fille lui portait la guigne.

Il s'agenouilla près d'elle et lui prit la tête délicatement. Son nom? Il ne le connaissait même pas! De sa gourde, il fit couler un filet d'eau entre ses lèvres. Elle réagit:

— Eh bien, tu n'as pas profité de mon accident pour t'enfuir? Aide-moi à me relever, dit-elle d'un ton amer.

Elle se redressa en laissant échapper un cri de douleur.

— J'ai mal à la cheville. Dieu me garde, j'aurais pu m'écarcasser sur cette rocaille. Où est mon cheval?

— Il s'est enfui.

— Mon cheval est parti! Peut-être reviendra-t-il à l'aube. Les chevaux comme les chiens n'abandonnent jamais leur maître, dit-elle pour se réconforter.

Gilles n'avait plus le choix. Il ne pouvait la laisser seule dans la forêt. Même avec son cheval, elle ne pourrait repartir dans cet état. Il se mit en quête d'un lieu plus confortable que cette rocaille. Non loin de là, il trouva une petite source, bordée d'un lit de mousse.

En revenant sur ses pas, il crut un instant la jeune fille disparue. Elle s'était recroquevillée au pied d'un arbre. Sa voix trahissait l'inquiétude.

— Tu es parti bien longtemps! lui reprocha-t-elle.

Il l'aida à se relever. Ils réussirent à atteindre le ruisseau. À l'endroit où la mousse était la plus douce, il installa la jeune fille.

— Je m'appelle Alaïs. Maintenant nous sommes compagnons d'infortune, lui dit-elle.

— Passez une bonne nuit et n'ayez pas de crainte. Si un esprit vient rôder près de vous, appelez-moi. Je lui jouerai un tour à ma façon. Demain, nous arriverons assez tôt chez moi. Que Dieu nous protège.

Gilles resta assis près du ruisseau. Pas question de dormir, il avait quelqu'un à protéger. Et puis, il fallait bien l'avouer, le moindre bruissement de la forêt l'inquiétait. La peur aux tripes, il dut faire un effort pour ne pas s'enfuir à toutes jambes en direction de sa maison. La nuit, cette forêt qu'il connaissait si bien était, disait-on, peuplée d'esprits et d'animaux terrifiants. Chauves-souris, serpents, scorpions devaient sortir de leur cachette à la recherche de leur proie. Même des loups, malgré la chaude saison, pouvaient rôder. Et puis, c'était une nuit sans lune !

Chapitre VIII

Gilles sursauta. Quelque chose lui chatouillait le nez. Alaïs était là, resplendissante dans la lumière du jour, un brin d'herbe à la main.

— Alors, on dort comme une marmotte?

Le garçon se sentait fautif. Il s'était promis de braver le sommeil pour veiller sur la jeune fille, mais il avait fini par s'endormir, épuisé.

— Regarde qui est là!

Le cheval d'Alaïs se désaltérait dans le ruisseau.

Gilles s'ébroua et s'aspergea d'eau froide pour chasser les traces du sommeil.

— J'ai faim, dit Alaïs. J'ai été sotte de ne rien apporter pour la route. Je n'ai pas comme toi l'habitude de la vie sauvage.

Gilles sortit de sa besace un quignon de pain et du lard.

— C'est toujours ce que tu manges? demanda-t-elle.

— Oui, grommela Gilles. Les dimanches et les jours de fête, notre mère améliore l'ordinaire avec ce qu'elle a pu acheter au marché ou récolter dans notre jardin.

— Et que fais-tu de tes journées dans cette forêt?

Toutes ces questions commençaient à l'exaspérer.

— Il est temps de partir.

— Tu n'as pas l'air heureux de me conduire.

— Je n'ai plus le choix, répondit-il.

Mais il regretta aussitôt ces paroles.

— Veux-tu m'aider à monter? demanda Alaïs en prenant appui sur son cheval et en cherchant à se redresser.

Gilles se précipita, essayant de rattraper par des gestes attentifs ses paroles malheureuses.

Sous un soleil brûlant, ils reprirent leur chemin. Elle sur son cheval, droite et silencieuse, lui, tirant sur la bride, tout aussi muet. Ils marchèrent ainsi plusieurs heures sur un terrain escarpé et malaisé à travers une forêt de chênes blancs, de hêtres et de châtaigniers de plus en plus dense.

À un détour, Gilles entrevit la clairière de sa maison. Laissant là le cheval et sa cavalière, il se précipita. D'un élan, il poussa la porte et se retrouva au milieu de la pièce. L'obscurité et le froid lui glacèrent les os. Pourtant, tout était intact. L'instant d'un éclair, il avait cru qu'il se retrouverait, en franchissant le seuil, dans les bras de sa mère. Non, la maison était bien déserte et son âme s'en était allée avec sa mère et ses sœurs.

C'était une pauvre masure d'une seule pièce en terre battue. Son seul confort était l'énorme cheminée qui couvrait tout le mur du fond. Sous son manteau, l'hiver, la petite famille était à l'abri. Pas de fenêtre; seule la porte quand elle était ouverte et elle l'était presque toujours, laissait entrer un petit jour timide.

Gilles ressortit. Des larmes lui mouillaient les yeux. Alaïs perçut son trouble mais ne dit mot. Il s'approcha du cheval et aida la jeune fille à mettre pied à terre. Ils pénétrèrent dans la maison, laissant la porte ouverte pour éclairer l'intérieur. Alaïs s'assit sur la paillasse afin d'y allonger sa jambe endolorie. Gilles la déchaussa avec précaution et glissa ses doigts sur l'enflure de la cheville. Alaïs ne put retenir un gémissement.

— Vous voilà bien mal en point. Je vais vous faire un emplâtre à la manière de ma mère. Attendez.

Le garçon ouvrit une porte dissimulée par un rideau de pauvre étoffe brune. Là, dans un renfoncement du mur, des étagères étaient couvertes de fioles, de flacons et de pots de toutes les grandeurs. Des herbes et des fleurs étaient suspendues tête en bas pour mieux sécher. Sur la planche du dessous, des piles d'étoffes fines, propres et soigneusement pliées, étaient alignées à côté de curieux objets dont l'utilité ne pouvait se deviner au premier coup d'œil.

Après avoir reniflé quelques flacons, Gilles en saisit un dont le liquide noirâtre tira une grimace à la jeune fille.

— Juste ciel! Tu veux me guérir avec des remèdes de sorcière?

Il y avait dans sa voix tant de mépris que Gilles en resta déconfit, les bras ballants. Usant des plus beaux mots qu'il connaissait, il lui dit :

— Nous ne pouvons repartir avant demain. Le remède que je vous propose a soulagé bien des malheureux. Il peut apaiser votre douleur plus que vous ne pensez, n'ayez crainte.

— Ma foi, je n'ai guère le choix. Eh bien, soit ! J'espère que ton onguent sera aussi efficace que tes paroles.

Alaïs se laissa aller sur le lit et s'abandonna aux soins de Gilles qui, l'air sérieux, se livra à son travail de guérisseur. Il enduisit la cheville d'une pâte malodorante, puis l'entoura d'une bandelette de fine toile, serrant juste assez pour bien la soutenir.

— Tu as des mains habiles. Je sens de la chaleur courir sous ma peau.

Alaïs ferma les yeux. La paix était revenue entre eux et Gilles se sentait le cœur léger. La jeune fille semblait lui faire enfin confiance. Épuisée, elle finit par s'assoupir.

Dans le silence et le calme, Gilles fit alors le tour de la maison. Rien n'avait changé et pourtant tout était différent.

« En l'absence des êtres qui nous sont chers, le monde est bien vide », se dit-il.

S'avisant qu'il devait préparer quelque mangeaille avant qu'Alaïs se réveille, il retourna le chaudron de la cheminée. Il y retrouva la nourriture qu'il y avait cachée avant de partir : un sac de noix et de fruits secs, deux tresses d'ail, un paquet d'oignons et des petits fromages entourés de feuilles de vigne. Il restait du vin dans le tonneau de la cuisine et des olives noires dans un pot en terre. Il allait préparer un repas qui, sans être un festin, serait digne d'une fille bien née. Il en jubilait d'aise.

En attendant le réveil d'Alaïs, il s'assit sur le pas de la porte et appela sa chèvre. C'est à cette heure du jour qu'il avait coutume de la traire, avant de la mettre à l'abri pour la nuit.

La bête bondit soudain du fourré. Gilles la prit à bras-le-corps et la serra contre lui. Elle était de la famille. La biquette manifesta sa joie par quelques béguètements. En la caressant, Gilles sentit les côtes sous le poil. Elle n'avait pas dû beaucoup manger ces derniers jours. Il alla lui chercher du fourrage.

Un chant mélodieux s'échappait à présent de la masure. Gilles rentra, silencieux, et alluma le feu pour préparer la soupe à l'ail. Alaïs chantait une complainte. Sa voix s'élevait, pure et cristalline. Mais les paroles mélancoliques de ce chant ramenèrent Gilles à son chagrin. Il s'activa discrètement près du chaudron afin de dissimuler sa peine. Puis il s'assit à croupetons sous le manteau de la cheminée pour attiser le feu et touiller la soupe.

Alaïs chanta longtemps. La chèvre, elle aussi sous le charme, franchit le seuil de la maison et vint poser son museau sur les genoux de la chanteuse.

> *Quand je vois la lauseta étirer*
> *de joie ses ailes au soleil,*
> *s'oublier et se laisser choir*
> *par la douceur qui lui vient au cœur,*
> *Aïe… quelle envie j'ai*

De ceux qui se réjouissent ainsi,
Je m'émerveille que sur-le-champ
mon cœur n'en fonde pas de désir.

Hélas ! je croyais tant savoir d'amour
et j'en sais si peu,
Car je ne peux m'empêcher d'aimer
Celle que jamais je n'aurai.
Elle a tout mon cœur, et elle s'est dérobée de moi,
Elle m'a pris moi-même et le monde entier,
Ne me laissant que mon désir et mon cœur ardent.

Elle se tut avec le dernier rayon de soleil. Gilles était perdu dans ses rêveries. À coups de langue râpeuse, la chèvre lui fit reprendre cœur et sens.

— Vous chantez si bien que vous pourriez faire pleurer les pierres, dit-il.

— Sers-nous donc à manger au lieu de te perdre en flatteries, dit-elle en riant. Les paroles de cette chanson sont d'un troubadour qui a passé plusieurs hivers en notre château. C'était un merveilleux chanteur et un conteur remarquable : Bernard de Ventadour. Il m'a appris à chanter, à jouer de la vièle et de la harpe. Il m'a aussi montré un jeu venu d'Orient, tu sais, ces pays lointains de l'autre côté de la mer. Les pions sont des personnages que l'on déplace sur un plateau quadrillé rouge et noir. C'est passionnant !

L'aïguo boulido qui mijotait fleurait bon l'ail et, même sans œuf à y jeter, ils le mangèrent de bon appétit. Pour la nuit, Gilles rapetassa la pauvre paillasse du mieux qu'il put. Il y disposa même les étoffes que sa mère gardait soigneusement pour les malades et servit à la jeune fille une infusion d'herbes qui l'aiderait à dormir.

Lui s'installa ensuite au pied de la paillasse, enroulé dans une couverture de laine rugueuse.

— Je n'ai pas l'habitude de dormir seule, dit Alaïs. En ce lieu, dans cette forêt, je te saurais gré de coucher près de moi.

Gilles en resta coi. Malgré son embarras, il s'installa à ses côtés.

— Doux Gilles, passe une bonne nuit et puisse Dieu nous apporter plus de réconfort demain. Oublions le jour que nous venons de passer, dit-elle en passant la main dans la tignasse du garçon.

Chapitre IX

Gilles veillait, l'œil vif et l'oreille tendue. Les bruits de la forêt n'étaient plus les mêmes. Il entendit les hululements de la chouette. On était au mitan de la nuit. Blottie contre lui, Alaïs dormait profondément.

Gilles se leva, saisit la lampe et se dirigea vers l'énorme four qui emplissait une bonne part de la clairière. Il tira avec précaution la lourde porte de fonte qui s'ouvrit sans gémir. Cela faisait pourtant des années qu'elle n'avait pas servi.

Il alluma sa lampe et essaya de se glisser dans l'ouverture. Il parvint à passer une épaule. D'un seul bras, il ne pouvait atteindre le fond du four.

— Pardieu!

Il essaya du nouveau, les deux bras tendus en avant comme pour plonger. Il y parvint enfin à force de tortillements et de contorsions. La suie et les cendres crottaient ses vêtements.

Accroupi dans le cul du four, il cogna sur chaque pierre. Toutes semblaient solidement fixées.

— Maudites pierres!

Il redoubla de rage. Soudain, l'une d'elles bougea. Gilles sortit son couteau et, avec patience, la dégagea. Il plongea la main dans la brèche et ses doigts touchèrent un sac de toile. L'excitation le gagnait. Malgré les écorchures, il multiplia ses efforts. Puis, lorsque le trou fut assez grand, il en tira un énorme livre qu'il serra contre lui.

Gilles songeait à son père assis devant l'âtre, un livre sur les genoux. Il aurait aimé que tout fût encore comme avant! Depuis que ces abatteurs d'âmes venus du Nord avaient envahi le pays, il n'y avait plus que persécutions et misère pour les nouveaux croyants. Quel péché avaient-ils donc commis?

Ruminant sa détresse, il jeta hors du four ce livre qui lui brûlait les doigts et sortit. Mais ces morceaux de parchemin reliés de bois d'olivier le fascinaient. Il s'assit sur une grosse pierre, mit le livre sur ses genoux et fit jouer le fermoir.

Il y avait dans ces pages des milliers de lettres minuscules et anguleuses tassées les unes contre les autres, comme si le copiste avait eu peur de manquer d'espace. Des lettres noir et rouge. Des lettrines ornées de végétaux et d'animaux réels ou imaginaires. Gilles découvrait un monde fabuleux aux couleurs vives : des rouges, des bleus, des verts, des ocres et parfois des ors. Chaque page était décorée, chaque marge et chaque espace blanc comblés d'entrelacs, de palmettes, de feuilles de vigne, de fleurs, de fruits, d'insectes, de lions, d'aigles, de monstres. Gilles s'attarda, fasciné par un dragon rouge et bleu aux ailes membranées crachant du feu et tenant un malheureux dans ses serres. Quelques pages plus loin galopait un cheval blanc avec une immense corne torsadée sortant de son front. Plus loin encore, des serpents à plusieurs têtes ouvraient des gueules béantes prêtes à engouffrer les damnés. Un frisson lui parcourut le dos.

Que d'attention patiente avait dû être nécessaire pour faire un tel livre! Le travail de plusieurs personnes pendant plusieurs mois, certainement. Et lui, pauvre ignorant, il voulait brûler cette œuvre irremplaçable!

Pour la première fois, il pouvait admirer à sa guise chaque détail, chaque enluminure. Quels messages, quels secrets, quelles vérités pouvaient bien se cacher derrière tous ces signes?

Non, il ne détruirait pas ce livre. Il le conserverait, le préserverait en souvenir de son père, par fidélité à ceux de sa famille qui étaient morts pour la vraie foi. Mais aussi parce qu'on ne détruit pas ce qui est beau et contient la connaissance. Il le cacherait en un lieu connu de lui seul jusqu'à ce qu'il sache lire. Il s'en faisait le serment. Un jour, il viendrait le reprendre pour assouvir sa curiosité.

Le garçon se redressa, glissa le livre sous son bras et se dirigea vers la forêt. Il parvint en quelques minutes au pied d'un grand chêne en bordure d'une combe. Il y grimpa lestement et, à la troisième branche, dégagea un trou dissimulé sous des feuilles mortes. C'est là qu'il conservait les trésors ramassés au cours de ses promenades: cailloux taillés, os, coquillages, fleurs séchées, bouts d'étoffe ou de cuir, racines aux formes étranges. Il y glissa son livre soigneusement enveloppé dans le sac de toile.

Il revint vers la maison, satisfait et calme, humant la fraîcheur de la rosée. À l'Orient, il vit l'étoile qui annonce le jour. La nature hésitait entre la nuit et l'aube, craignant sans doute les fureurs du jour nouveau.

Soudain, il remarqua une ombre qui se glissait entre les arbres du côté de l'étoile du berger.

— Gilles?

L'enfant reconnut Guilhem, se précipita et faillit renverser le vieillard qui l'étreignait déjà avec vigueur.

— Que le Père des bons esprits te garde, petiot, je suis heureux de te voir. Ma crainte était de ne trouver qu'une maison vide. J'ai appris le malheur qui frappe ta famille.

— Mais il est trop tard! Ma mère a été mise au mur à Roqueblanche.

— Notre seigneur Dieu aura donc au moins voulu que je te retrouve. Tu sais combien ta mère m'est chère. Je ferai tout ce qui est en mon maigre pouvoir pour la sauver. Mais, pour l'heure, j'ai marché toute la nuit et tout le jour; je mangerais bien un morceau.

Ce vieillard qui errait dans le pays venait au gré des saisons apporter un peu de réconfort à la petite famille. Au fil de ses visites, il était un peu devenu le second père de Gilles, qui éprouvait une grande affection pour ce caminaïre avisé et déterminé.

— Quels sont ces ronronnements de paroles?

Ébouriffée, Alaïs était sur le pas de la porte, immobile et silencieuse. À sa sombre vêture, à ses cheveux longs coiffés d'un bonnet rond, à la petite marmite qui pendait à sa ceinture, à son allure austère et à la gravité de son regard, elle reconnut un de ces hommes sans croix dont lui avait parlé sa grand-mère. Elle pivota sur ses talons, mais Gilles lui prit la main et la mena jusqu'au vieillard.

— Je vous présente Guilhem. C'est un habile médecin qui vient parfois aider ma mère à préparer onguents et remèdes. Il connaît les vertus des simples et il pourra sans doute mieux guérir votre cheville que je ne l'ai fait.

Tous trois entrèrent dans la maison. Gilles partagea leur maigre pitance avec le vieillard. Et pendant que le garçon contait ses aventures, Guilhem demanda à Alaïs de lui montrer sa blessure. Il défit le bandage et tâta la cheville qui avait désenflé pendant la nuit.

— Voilà une blessure bien soignée. Tu es entre bonnes mains. Gilles a des doigts de fée. Douceline serait fière de lui. Je n'ai rien à ajouter à ses soins. Mais tu dois marcher le moins possible sur ta jambe souffrante. Il te faut du repos avant de reprendre la route.

Gilles débordait de gratitude pour ces paroles flatteuses. Mais il était impossible de rester plus longtemps. Les hommes du bayle ne tarderaient pas à venir fouiller l'endroit.

— On va s'inquiéter au château de l'absence d'Alaïs. Il faut nous en retourner au plus vite.

— Une longue chevauchée serait trop fatigante, répliqua Guilhem. Il faudrait un endroit sûr près d'ici.

— Eh bien, allons chez ma grand-mère, elle habite à seulement deux lieues, au nord de la forêt, dit Alaïs. C'est là que je devais aller, je pourrais y passer quelques jours si Gilles a le bon vouloir de m'y conduire.

Ainsi en fut-il décidé.

Chapitre X

Avant de se séparer, l'homme et l'enfant voulaient se parler seul à seul. Gilles avait mille questions en tête. Il voulait tout savoir des persécutions subies par sa famille. Lui qui avait grandi dans l'isolement de la forêt ne comprenait pas toutes ces haines.

Guilhem conta de bonne grâce au jeune garçon l'histoire de sa famille et de sa terre. Ils parlèrent longuement, assis sur la pierre d'où jaillissait une source. Le Pet-du-Diable, comme l'avait surnommée le père de Gilles, une nuit où il s'y était pris les pieds.

— Tes grands-parents étaient de riches marchands de Béziers. Attirés par la foi des Bons Chrétiens, un jour, ils décidèrent d'abandonner leur opulence pour mener une vie austère dans la prière et la foi. Ils tinrent tout deux une maison pour venir en aide aux nécessiteux et soigner les malades. On y trouvait gîte et mangeaille, soins du corps et réconfort de l'âme. De telles maisons s'ouvraient au cœur de toutes les villes. À cette époque, la nouvelle foi se répandait dans tout le pays, attirant chevaliers et nobles dames, artisans et paysans. Le pays alors était riche, et le comte de Toulouse, auquel il appartenait, puissant.

— Ce n'est pas le pays que je connais. Je n'ai dans la tête que des histoires de guerres, de Bons Croyants pourchassés et de bûchers.

— Nous n'avons pas toujours connu l'infortune. À Toulouse et dans bien des villes se tenaient des cours fastueuses. Nos châteaux se dressaient fièrement au centre des castrum. Inconscients, les châtelains ignoraient les préparatifs de guerre. Ils ne pouvaient s'imaginer que les Français viendraient un jour les narguer sous leurs murs. Ils étaient fiers mais frivoles, courageux mais turbulents, courtois mais indisciplinés. Le souvenir des croisades en Terre sainte, auxquelles beaucoup avaient participé, leur donnait la certitude qu'ils étaient indomptables. Ils jouaient plus facilement avec les mots qu'avec l'épée.

— Que des seigneurs se fassent la guerre, d'accord, l'interrompit Gilles, ils veulent tous s'emparer des richesses du voisin. Mais pourquoi pourchasser les Bons Croyants, ceux qui abandonnent tout pour aller vers Dieu? Ne font-il pas vœu de pauvreté et de chasteté, ne s'engagent-ils pas à ne jamais mentir, ni voler, ni tuer, comme le veut le Christ?

— Justement, avec notre ferveur et notre détermination, nous faisions peur au pape de Rome. Notre influence grandissait de jour en jour. Alors il lança une croisade impitoyable contre nous, les hérétiques, ainsi qu'il nous appelait.

« Pourtant, c'est bien l'Église de Rome, fulmina Guilhem, qui dénature les paroles du Christ avec sa soif de privilèges, de richesses et ses comportements idolâtres. Les églises aujourd'hui regorgent d'or, les coffres des évêques débordent de richesses. Ce sont souvent des hommes cupides qui abusent de leur pouvoir.

« Les grands seigneurs du Nord n'attendaient que cette bénédiction du pape pour fondre sur nos richesses. Une grande noirceur s'abattit sur le pays. Les seigneurs et leurs familles qui soutenaient les Parfaits furent persécutés et dépossédés de leurs fiefs, leurs terres ravagées et leurs paysans massacrés. Ce n'est pas seulement une foi et des croyances qu'ils ont voulu piétiner, mais tout un pays.

— Et mes grands-parents dans tout ça !

Guilhem se dressa pour continuer son histoire avec force gestes.

— Béziers, où vivaient toujours tes grands-parents, était alors défendue par le fier et courageux comte de Trencavel. Mais le roi de France, encouragé par le pape, avait rallié une immense armée de chevaliers venus de toutes les grandes villes du Nord. C'étaient des hommes disciplinés, bien armés et en riches équipages. Autour d'eux grouillait un mélange de petits chevaliers astreints à la quarantaine, de soudards, de routiers, de religieux et de marchands. Ils faisaient la guerre pour le butin. Ils avaient de toute façon reçu la promesse que leurs crimes seraient pardonnés par l'Église. Ils n'avaient aucun scrupule à piller et à tuer. Et ils ne s'en privèrent pas. La ville fut mise à sac et vingt mille personnes furent massacrées. Le pape lui-même n'a-t-il pas dit alors : « Tuez-les tous ! Dieu reconnaîtra les siens ! »

Guilhem se rassit, accablé par la cruauté de ces mots. Il continua, la voix brisée.

— Lorsque Béziers tomba, de nombreux survivants se réfugièrent dans la cathédrale Saint-Nazaire. Sans pitié, les soudards y mirent le feu. Elle se fendit en deux et s'écrasa sur les malheureux. À la fin de la bataille, un immense bûcher fut dressé pour y précipiter tous les hérétiques faits prisonniers. Tes grands-parents y furent brûlés vifs. Ton père, qui allait alors sur sa neuvième année, se retrouva orphelin, sans toit, au cœur de l'horreur.

— Mon père, lui aussi, s'est retrouvé tout seul, murmura Gilles, saisi d'une soudaine douleur.

Ainsi cette conquête, que décrivait le Parfait, se gravait-elle dans sa chair, dans l'histoire de sa propre famille. Ce n'était plus une simple querelle de seigneurs, mais une guerre de religion entraînant tout un peuple dans les tourments de la haine.

— Depuis longtemps, j'étais l'ami de ton grand-père, son compagnon de prédication. À partir de ce jour funeste, j'ai pris ton père sous ma garde. Je lui ai appris à lire et à écrire, ainsi qu'à respecter la vraie foi. Tu sais, ton père était plus qu'un simple charbonnier. À vingt ans, nous parcourions ensemble monts et vallées, il me suivait dans mes pérégrinations. Il voulait lui aussi devenir Parfait. C'était avant qu'il ne rencontre ta mère.

Guilhem s'arrêta de parler ; devant ses yeux passa un voile de tristesse, au souvenir de ce jeune homme fier et volontaire qui, un temps, avait mis ses pas dans les siens. Le vieil homme se rassit et poursuivit d'une voix étouffée.

— Après la conquête de Béziers, tout le pays fut ravagé et soumis en une suite de furieuses batailles. Des charretées débordantes de victimes, innocents et croyants confondus, périrent dans les flammes. Des cadavres furent même déterrés et jetés au bûcher, leur âme ayant été coupable d'hérésie de leur vivant. Certains seigneurs refusèrent de se soumettre, ils devinrent des faydits, des seigneurs errants, dépossédés de leur terre. Ils guerroyèrent quelques années contre Simon de Montfort, le représentant du roi de France sur nos terres. Leurs quelques victoires furent bien éphémères.

« Après la guerre ne vient pas toujours la paix. Le pape instaura l'Inquisition, tribunal religieux qui pourchassait les hérétiques. On avait conquis les terres, il fallait maintenant conquérir les âmes. Ce fut le temps de la délation et de la suspicion. Notre foi devint clandestine. Les Parfaits devaient se cacher et se méfier de tous. Beaucoup se réfugièrent en Lombardie ou en Catalogne. Moi, je décidai de rester. Je voulais que ton père grandisse sur sa terre. Pour la prédication, je n'allais plus dans les maisons au cœur des villes, mais dans des cabanes au fond des bois. Les villageois prirent alors l'habitude d'aller dans les pâturages ou en forêt pour venir faire leurs dévotions, me rencontrer et chercher la consolation.

— Notre foi n'a donc pas toujours été bannie, observa Gilles, l'air pensif. Je me souviens du livre que mon père nous lisait à la veillée. Je ne comprenais rien alors à ce ronronnement religieux. Ce livre, je viens de le retrouver et de le cacher sur le conseil de ma mère.

Et Gilles raconta à son tour au Parfait ce qu'il était advenu de cette bible.

— Tu as bien fait de ne pas le brûler, approuva le vieil homme. Ce livre est précieux, il contient les paroles du Christ qu'un de nos Parfaits, un grand érudit, a traduit dans notre langue, en occitan. Cela en soi est un crime contre l'Église de Rome. Nous, nous croyons que les paroles de Notre-Seigneur doivent être comprises de tous, et non pas seulement de quelques privilégiés.

« Je vécus donc ainsi une dizaine d'années, puis tous mes espoirs s'écroulèrent : ce fut la chute de Montségur, le dernier refuge des Parfaits. De ce petit village fortifié, construit sur un sommet abrupt, devait partir la reconquête ; le roi de France y ruina définitivement nos aspirations. Depuis ce jour nous ne sommes plus qu'une poignée de fugitifs, éparpillés dans les bois. Nous allons par ces rudes contrées, essayant de survivre et de préserver le peu qu'il reste de notre foi. Beaucoup de mes compagnons sont morts sur le bûcher ou dans de sordides prisons.

Tout en parlant, des larmes coulaient sur les joues flétries du vieillard. Elles charriaient toutes ses peines. Perdu dans ses douloureux souvenirs, il n'avait plus la force de les essuyer.

— Nous qui vivions en communauté, nous allons maintenant seuls. Notre vie est faite d'errance et de misère. Nous prêchons en cachette, traqués comme des bêtes, craignant la délation, en pauvre caminaïres.

Le vieillard se tut, l'âme chavirée. Ses frêles épaules pliaient sous le poids de tant d'années de détresse. Avant de partir, il avait voulu marquer au fer rouge le cœur de cet enfant afin que les traces de ces infamies ne se perdent pas dans les tumultes de l'histoire. Son jeune auditeur en était bouleversé.

Il n'était plus question de s'attarder. Guilhem refusa de retourner à la maison avant de reprendre sa route et dit à Gilles de saluer Alaïs de sa part.

— Cette fille m'est plus chère que tu ne le crois, dit le vieil homme. En veillant sur elle, c'est moi que tu rends heureux. Que le Père des bons esprits vous conduise à bon port sans encombre ni péril.

Puis il donna sa bénédiction à Gilles qui s'était agenouillé.

— De Dieu et de moi reçois la bénédiction. Qu'il préserve ton âme d'une mauvaise mort et te conduise à bonne fin.

Le garçon lui répondit par un triple salut.

Guilhem repartit vers la forêt, comme il était venu.

En les attendant, Alaïs s'était mise à chanter tout en étrillant son cheval. Elle tournait le dos au jeune garçon et ses longs cheveux défaits luisaient au soleil. Elle semblait si aimable et si paisible. Gilles s'approcha à pas feutrés. Il eut soudain la folle envie de la prendre dans ses bras et de l'embrasser.

« Voilà que je me fais des illusions, se dit-il. Qui suis-je pour vouloir la chérir ? »

Décidément, son cœur et sa raison étaient en discorde. Pour chasser tous ses désirs déraisonnables, il lui dit sans autre détour de se préparer à partir.

— Je suis prête. Vas-tu monter avec moi cette fois ? lui dit-elle d'un air narquois.

— Pas avant de sortir de la forêt. Je connais un sentier sûr et rapide mais très malaisé pour rejoindre la draille de la Grande Combe, c'est elle que nous devons suivre pour aller au plus court chez votre grand-mère. Nous traverserons plusieurs vallons encaissés en évitant les avens et les ravines qui parsèment la région. Cachés par les broussailles, ils sont très dangereux. Je préfère guider le cheval à pied.

— À la grâce de Dieu ! Je te suis.

Chapitre XI

D'un bon pas, les deux enfants cheminèrent plusieurs heures en suivant d'étroites sentes. Gilles connaissait bien les embûches de sa forêt. Chaque broussaille rabougrie, chaque éboulis de rocaille ou chaque ruisseau asséché l'aidaient à s'orienter. La jeune fille se laissait mener. La science de son guide l'impressionnait.

À la tombée du jour, ils arrivèrent à la route menant chez sa grand-mère. Ils prirent quelque repos près d'un bosquet d'amélanchiers aux feuilles roussies par le soleil.

— Nous sommes au grand chemin du Cami-Ferrat. C'est à ton tour de nous conduire, lui dit Gilles, qui regrettait déjà son rôle de guide.

— Monte sur la selle et prends ma place. Je me tiendrai derrière et te dirai ce qu'il faut faire pour conduire le cheval. Avec ma cheville blessée, je ne peux me servir des étriers.

Fourbu, Gilles ne se le fit pas dire deux fois. Il se

plaça devant la cavalière, les bras de celle-ci noués autour de sa taille.

« Ma foi, la réalité se rapproche du rêve », se dit le jeune garçon.

La draille grimpait en lacets jusqu'au sommet d'une crête couverte d'herbe rase. C'était le chemin de transhumance des troupeaux de moutons fuyant la chaleur du pays d'en bas pour profiter de la fraîcheur des pâturages de montagne.

Alaïs les fit bifurquer à main droite avant d'atteindre le col qui menait aux causses, hautes terres sauvages.

Ils arrivèrent avec les étoiles au lieu-dit de la Pierre aux fées. C'était un endroit isolé. Ils suivirent un sentier tortueux jusqu'à une petite maison de pierres sèches adossée au rocher. Mal bâtie, elle était basse et trapue. L'entrée était protégée par un énorme chêne. Aucune lueur ne venait de l'intérieur.

— L'endroit est un peu lugubre à la noirceur, mais tu verras, sous le soleil, le paysage est magnifique, murmura Alaïs, pour se rassurer. Ma grand-mère vit ici en ermite depuis très longtemps et rares sont ceux qui viennent la voir. Moi non plus, je ne viens pas souvent, ma mère me l'interdit. Ma grand-mère est une femme de caractère et indépendante. Elle m'a toujours donné de bons conseils.

Spontanément, ils se donnèrent la main en marchant à pas feutrés. Ils redoutaient de réveiller les esprits maléfiques de la nuit.

« Quel silence ! se dit Gilles. On dirait que la mort rôde par ici. »

Ils toquèrent tout doucement. Pas de réponse. Tout était étrangement immobile.

Ils toquèrent un peu plus fort. Le cri d'une chouette leur répondit. Inquiets, aux aguets, ils entrèrent. Une faible plainte leur parvint du fond de la pièce.

— Ma mie, s'écria alors Alaïs, dame Berthe, que se passe-t-il ?

La jeune fille alluma une petite lampe en terre qu'elle trouva au milieu de la table. Ils virent alors la vieille femme étendue sur un grabat, le visage émacié et livide. Son corps allongé, immobile sous une robe de bure noire, semblait attendre la mort. Ses doigts osseux se nouaient autour d'un chapelet sans croix fait de perles en bois d'olivier. Seuls ses yeux semblaient retenir encore un peu de vie.

Alaïs s'approcha doucement, se mit à genoux et déposa un baiser sur les joues flétries de la grand-mère. Elle prit ses vieilles mains pour les réchauffer et chanta une complainte.

Cette vieille femme qui avait été autrefois une grande dame était la personne pour qui Alaïs avait le plus d'affection. Elle avait passé les premières années de sa vie auprès d'elle. Et même si elle n'en avait plus guère le souvenir, elle ressentait une chaleur au cœur chaque fois qu'elle la revoyait. Il y avait entre elles une tendresse et une connivence qu'elles ne partageaient avec personne d'autre. Dame Berthe lui avait enseigné la vraie foi. Elle avait toujours eu le courage de braver les interdits de la mère d'Alaïs pour venir voir sa petite-fille. Aujourd'hui, c'était la jeune fille qui était venue.

La grand-mère sourit et, levant une main hésitante vers le visage d'Alaïs, lui caressa les joues et les lèvres.

— Chère enfant, Dieu m'a exaucée ! J'ai tant prié pour que tu puisses me revoir avant mon dernier voyage. Ta présence réchauffe mon vieux corps et réjouit mon âme. Ton chant et ton sourire m'ont toujours émerveillée, ne les perds pas, même si la vie est parfois cruelle.

Elle considéra longuement le visage d'Alaïs. Celle-ci, silencieuse et grave, attendait la suite de ses paroles.

— Je suis alitée depuis plusieurs jours et je sens que ma fin est proche.

Son souffle devenait de plus en plus court.

— Il y a une dernière chose que je veux recevoir de ce monde, c'est la bénédiction d'un Parfait. Je voudrais mourir dignement et selon notre foi.

Alaïs voulut l'interrompre pour qu'elle économise ses forces. Obstinée, la vieille femme continua :

— J'ai confiance en ta droiture, aussi je te confie le nom de celui qui peut m'aider à passer dans l'autre monde. Il s'agit du Bon Homme Guilhem, je sais qu'il est de passage dans la forêt de Bétirac.

Gilles, qui était resté sur le pas de la porte, comprit alors que la mourante était, elle aussi, de la famille des persécutés. Il avait souvenance maintenant d'avoir déjà entendu parler d'une vieille Parfaite habitant une pauvre masure au pied des falaises.

— Guilhem ! Je sais où le trouver.

Alaïs se retourna, surprise, les yeux emplis de larmes. La vieille femme, épuisée, était retombée dans sa torpeur. La jeune fille déposa un baiser sur son front, se leva, prit la main de Gilles et l'attira hors de la maison.

— Tu vois, moi aussi j'ai mes secrets. Je sais que tu dois retourner au plus vite à Roqueblanche pour ta mère. Mais, je t'en prie, viens en aide à ma grand-mère. Si ce n'est pas pour moi, fais-le au nom de la vraie foi.

Elle n'avait plus le ton hautain d'une fille de seigneur. Elle parlait à un frère, à un compagnon d'aventure.

— Je devrais être de retour à l'aube, répondit Gilles avant de dévaler le sentier.

— Attends! cria Alaïs.

Elle le rattrapa pour déposer un baiser sur ses lèvres.

Gilles ne pouvait plus contenir son émoi. Il repartit en hâte. À courir ainsi, aussi vif que l'hirondelle vers la forêt, il espérait dompter le tumulte de son cœur.

« Nous sommes pétris de même boue! » se dit-il.

Chapitre XII

Agrippé au flanc d'une falaise escarpée, Gilles gravissait la montagne de Rosis. Il devait atteindre la grotte où Guilhem s'arrêtait après chacune de ses visites. La grotte du Grand Four, comme il l'avait surnommée parce qu'elle était vaste et sombre. Là, au plus profond de la montagne, Guilhem prenait quelque repos après chaque voyage. Parfois, il y croisait d'autres Bons Hommes. Ils échangeaient nouvelles et paroles pieuses avant de reprendre leurs pérégrinations à travers le pays, portant prédication et consolation au péril de leur vie.

Un jour, Gilles avait découvert l'endroit par hasard, y trouvant Guilhem en grande prière. C'était là, dans ce recoin de falaise, qu'il espérait le rejoindre.

Alors qu'il était suspendu à la paroi, la rocaille coulait sous ses pieds. Ses mains s'accrochaient aux aspérités tranchantes du calcaire. Cette montagne épineuse était infranchissable. Finalement, il s'écroula sur un promontoire rocheux.

— Qu'es aquo?

— Guilhem? s'exclama Gilles, tout surpris de cette apparition. Vous voilà enfin! Je n'arrive pas à atteindre la grotte. Je suis épuisé, le chemin se dérobe sous mes pas.

— Pourquoi tant d'empressement? demanda Guilhem, tout en passant sa main sur le front de l'enfant. Tu es fiévreux. À malmener ton corps d'enfant ainsi, tu risques d'attraper du mal.

— Ce n'est pas de moi qu'il faut se soucier, répondit Gilles, mais de dame Berthe. Elle est mourante et réclame la bénédiction d'un Parfait. Nous l'avons trouvé alitée. Je vous en supplie, venez vite!

— Tu n'as pas à me supplier, mon fils, je suis de ceux qui vont là où on les réclame. Mais avant, mange au moins un morceau. Tu vas défaillir!

— Non! Non! Nous n'avons pas le temps.

Guilhem sourit devant la volonté et la hâte de ce garçon de si tendre jeunesse.

— Tu me rappelles ton père, il était aussi entêté que toi.

Ils se mirent donc en route, Guilhem ouvrant la marche. Au grand étonnement de Gilles, il connaissait bien le chemin de la maison de dame Berthe. Ils sortirent sans encombre du dédale de la garrigue.

Ils arrivèrent avec la dernière étoile qui s'évanouissait dans la pâleur du jour. Guilhem entra sans frapper. Il s'approcha du lit de la mourante. Alaïs lui baisa les mains avec reconnaissance.

Le Parfait se pencha vers la grand-mère maintenant éveillée. Les deux vieillards se murmurèrent des mots incompréhensibles. Ils semblaient se connaître depuis longtemps.

Quand le soleil fut au zénith, Guilhem fit s'approcher les deux enfants pour que, malgré leur jeune âge, ils soient témoins de la cérémonie du consolamentum des mourants, qui permettrait à la vieille femme d'aller au paradis.

Le Parfait avait étendu une nappe blanche sur le lit. Il prit les mains de dame Berthe, les lava et les déposa sur le Livre des Évangiles. Guilhem lui demanda si elle avait toujours la ferme intention d'observer la Règle. Dame Berthe acquiesça d'un hochement de tête.

Guilhem psalmodia alors l'oraison :

— Tu auras l'obligation de ne pas mentir, de ne point jurer, de ne pas tuer, de ne pas voler, de ne pas prêter serment et de rester chaste. C'est là l'oraison que Jésus-Christ a apportée en ce monde. Ne mangez ni ne buvez sans l'avoir d'abord dite.

Dame Berthe murmura :

— Je la reçois de Dieu, de vous et de l'Église. Pour tous les péchés que j'ai faits, dits ou pensés, je demande pardon à Dieu, à l'Église et à vous tous.

Le Parfait fit signe aux enfants de répéter après lui :

— Par Dieu, par nous et par l'Église, que vos péchés

vous soient pardonnés. Nous prions Dieu pour qu'Il vous les pardonne.

Guilhem prit le Livre, le plaça sur la tête de la vieille femme et les enfants y posèrent leurs mains.

— Père saint, accueille ta servante dans ta justice et envoie sur elle ta grâce et ton Esprit saint!

Tous trois s'inclinèrent.

Aux premiers rougeoiements du ciel, dame Berthe rendit l'âme.

Gilles sentait ses mains s'échauffer. La pioche qu'il tenait gauchement était aussi grande que lui. Il creusait depuis l'aube non loin de la maison, près d'un buisson de chèvrefeuille. La sépulture devait être dissimulée aux visiteurs indésirables.

— C'est assez! déclara soudain le vieil homme au grand soulagement de l'enfant qui sortit aussitôt du trou, se secouant pour ôter la poussière de ses vêtements. Guilhem poursuivit :

— Allez ramasser de la pierraille pour couvrir la tombe. Je vais faire la toilette de la morte et l'envelopper d'un linceul blanc.

Après avoir lancé la dernière pelletée de terre, formé une blocaille et déposé un bouquet de fleurs cueillies par Alaïs, tous trois restèrent silencieux, chacun muré dans son chagrin.

Guilhem fit ses adieux aux enfants. Alaïs lui demanda sa bénédiction. Tous deux plièrent les genoux devant Guilhem et s'inclinèrent par trois fois en disant tour à tour :

— Bon Chrétien, bénissez-moi et priez Dieu pour qu'Il fasse de moi un Bon Chrétien et me conduise à bonne fin.

Et le Bon Homme répondit par trois fois :

— Je prie Dieu pour qu'Il fasse de vous de Bons Chrétiens et vous conduise à bonne fin.

Gilles se sentait maintenant lié à Alaïs comme jamais il ne l'aurait cru possible : ils partageaient la même foi.

Guilhem sortit de sa poche un anneau d'or et le glissa au doigt d'Alaïs.

— C'est dame Berthe qui m'a prié de te le remettre en souvenir d'elle. Ta grand-mère n'a pas toujours vécu dans la solitude et la pauvreté. Jadis, elle a mené une vie insouciante et courtoise. Elle a été la dame de cœur de mon frère, le chevalier Rigaud. Et cet anneau est le souvenir de leur amour.

« Voilà pourquoi ces vieillards avaient l'air si liés », pensa Gilles.

— En ce temps-là, reprit Guilhem, la vie était douce et facile. J'ai encore le souvenir de la vaste salle d'apparat où ils se rencontrèrent pour la première fois. Les murs étaient couverts de tentures aux couleurs chatoyantes. S'y dressait tous les soirs une immense table couverte d'une nappe blanche brodée de pétales de fleurs. Le seigneur de Carcassonne, sa dame et ses chevaliers y festoyaient, écoutant les troubadours et leurs chants d'amour jusque tard dans la nuit. Les plus célèbres ne manquaient jamais de passer par cette riche cité où les dames aimaient à se faire charmer par les plus beaux poèmes de l'amour courtois. Ceux de Raymond de Miraval, d'Aimeric de Pegulhan, de Gui d'Ussel, de Peire Cardenal et de tant d'autres.

Guilhem s'interrompit, il semblait être retourné dans un autre temps, emporté par ses souvenirs dans une contrée qui n'existait plus.

— Mon frère, reprit le vieillard, s'essayait lui aussi à l'art de trouver les mots de l'amour courtois. Et c'est pour dame Berthe qu'il a écrit ses plus beaux poèmes.

Gilles avait de la difficulté à imaginer ces deux vieillards austères en jeunes gens menant une vie de châtelain. Alaïs caressa du bout du doigt l'anneau et murmura :

— Jamais je ne m'en séparerai.

Guilhem parti, elle retourna vers la masure qu'elle rangea rapidement. Gilles et elle firent un grand feu pour brûler les hardes de la morte. Alaïs ne garda que la pèlerine noire, semblable à celle du Parfait, qu'elle jeta sur ses épaules.

— Ma cheville me fait moins souffrir, déclara-t-elle à Gilles. Nous devons partir au plus vite afin d'annoncer à ma mère la funeste nouvelle. Je crains que, inquiète de ma disparition, elle n'ait déjà envoyé des gens d'armes à ma recherche.

De son côté, Gilles voulait au plus vite avoir des nouvelles de sa mère. Ils n'avaient que trop tardé.

Depuis l'aube, le temps tournait à l'aigre. Le vent se levait sur le pays, échevelant les arbres, étourdissant les oiseaux. Même s'ils n'avaient plus à repasser par la forêt, il leur fallait traverser un passage difficile avant la tombée de la nuit : le col de l'Ourtigas. Là, perchée sur la montagne, la chapelle de Saint-Martin-du-Froid pourrait les abriter pour la nuit.

— Cela ne sera pas aisé, dit Gilles, si le mauvais temps se met de la partie.

Mais s'ils réussissaient, ils seraient de retour à Roqueblanche dès le lendemain.

Chapitre XIII

Mais rien ne se déroula comme prévu.

Passé le col, ils redescendirent en serpentant le long d'une falaise profonde. À chaque pas, ils frôlaient le gouffre. Le ciel restait lourd et sombre.

Ils ne virent pas les ombres silencieuses qui les encerclaient peu à peu. Un éclair déchira le ciel et, au même moment, Gilles reçut un violent coup sur la nuque. Étourdi, il voulut saisir son couteau mais, en un souffle de temps, il eut les pieds et les poings liés, avec un sac sur la tête. Connaissant les dangers de cet étroit sentier, il ne se débattit pas. Le lieu de l'embuscade avait été bien choisi, aucune retraite n'était possible. Il dut ravaler sa colère.

Ligoté ferme, brinquebalant sur le dos d'un âne, il appela Alaïs, mais n'eut pas de réponse. Un grognement lui ordonna de se taire s'il tenait à la vie. Il avait mille jurons en bouche pour s'être fait prendre de la sorte, lui, l'enfant des bois.

Ils cheminèrent toute la journée. Leur marche forcée fut longue, étouffante. Gilles devinait qu'ils continuaient à suivre la crête épineuse des montagnes sur des chemins étroits et rocailleux. Sous la toile de jute, étouffant de chaleur, il somnolait, bercé par le rythme régulier de sa monture.

À la mi-journée, la troupe dévala une suite de côtes abruptes pour traverser une gorge profonde. Gilles entendit gronder une rivière. Il frémit à l'idée d'être englouti par cette eau vive qu'il ne voyait pas, mais dont il sentait les embruns sur sa peau. Les cailloux roulaient sous les pas mal assurés de sa monture. L'eau lui mouillait les jambes. Il avait faim et soif. Depuis plusieurs heures, il n'avait perçu ni la voix ni la présence d'Alaïs. Était-elle en route avec eux ? Avait-elle été blessée ? Son esprit s'affolait.

Soudain, il entendit une vive cavalcade. Du secours ? Que non !

— Voilà un bien drôle de butin ! Quelle surprise me réservez-vous dans ces sacs qui gigotent ? demanda une voix autoritaire.

Gilles fut projeté à terre et on arracha le sac qui le maintenait dans le noir. Ébloui, il cligna des yeux et vit un géant bardé de fer, l'épée à la main, chevauchant un destrier.

Un autre paquet s'écroula près de lui. Alaïs en sortit ébouriffée, débraillée, furieuse.

— Bougres d'ânes, c'est donc tout le butin que vous ramenez ? Il a l'air bien piteux et dans un triste état.

— Seigneur, dit l'un des bandits, voyez le cheval que montaient ces deux enfants. Il est fort beau et il y aurait, assurément, profit à tirer de ceux qui possèdent une telle monture. Ils sont, à n'en pas douter, de noble race.

À ces mots, le meneur sauta à bas de sa monture et s'approcha du cheval d'Alaïs. Celle-ci se précipita vers l'animal et s'agrippa à l'encolure :

— Halte ! Vous ne mettrez pas vos sales pattes sur mon cheval.

— Que de paroles déraisonnables ! dit le cavalier en regardant la jeune fille. Compagnons, je vous donne raison, vous ramenez là deux belles bêtes à rançonner. Je n'ai pas l'habitude, mignonne, que l'on s'oppose à ma volonté. Enlève-toi de mon chemin que j'essaye la vigueur et l'adresse de cette bête.

Il prit le cheval et, d'un bond, l'enfourcha. L'animal rua. Mais l'homme eut tôt fait de le maîtriser. Bientôt, ils caracolèrent d'un même élan. Alaïs, atterrée, maudissait en silence celui qui traitait ainsi sa monture.

— C'est une bien belle bête, vive et puissante, nous pourrons en tirer un bon prix.

— Non ! Vous ne me l'enlèverez pas ! s'écria Alaïs en se cramponnant à nouveau à la bête.

— Grand bien te fasse, nous te vendrons avec.

Sur ces mots, il remonta lestement en selle sans toucher l'étrier et rameuta sa canaille. Les sacs de jute furent remis sans ménagement sur la tête des enfants. Le cortège s'ébranla de nouveau cahin-caha.

Le trajet fut cette fois de courte durée. Gilles devina aux branches basses qui lui cinglaient fréquemment le visage qu'ils traversaient une forêt. La sente était raide.

« Dans quel repli de terrain nous engouffrons-nous ? » se demandait le jeune garçon, toujours sur le qui-vive.

Puis, il sentit la fraîcheur et le bruit d'une cascade. Au fond d'un étroit défilé, les enfants furent détachés. Devant eux, le trou béant d'une grotte d'où jaillissait un torrent à l'haleine glacée. Tous mirent pied à terre et s'avancèrent à la file avec leur monture. Gilles remarqua des hommes postés à l'entrée de la grotte, sur un promontoire rocheux.

Ils longèrent une mince corniche qui serpentait le long des eaux vives d'une rivière souterraine. Des torches étaient allumées afin d'éclairer le boyau qui pénétrait au cœur de la montagne. Les parois luisantes ondulaient comme des draperies fantastiques. La progression était de plus en plus difficile. Après un passage extrêmement étroit qu'ils franchirent les pieds dans l'eau bouillonnante, ils se retrouvèrent dans une salle si vaste et si haute que, malgré les torches, les voûtes restaient obscures. Il y avait là un petit lac avec une grève de galets et de sable fin. Sur les bords était disposé tout le matériel nécessaire à un campement. Le bivouac était prêt.

Les deux enfants, anxieux, s'assirent près du feu sur des pierres froides. Ils observèrent, impressionnés, ces hommes rompus à la vie fruste et clandestine. Ils parlaient peu, s'invectivaient parfois. Leurs gestes étaient brusques, leurs visages, derrière des barbes touffues, impénétrables.

L'inquiétant personnage avait disparu, au grand soulagement des enfants. Plus personne ne s'occupait d'eux. Ils étaient libres de leurs allées et venues tant qu'ils restaient dans la grotte.

— Cet antre est une prison sûre, murmura Gilles à la jeune fille effarée, jamais je ne pourrai m'en échapper. Tant de galeries partent de tous côtés. Je ne reconnais déjà plus celle par laquelle nous sommes arrivés.

C'était un dédale de couloirs fouillant les entrailles de la terre. Un homme leur tendit un morceau de viande grillée et un broc d'eau fraîche. Ils mangèrent et burent goulûment. Ils ne se souvenaient plus de leur dernier repas. Épuisés, serrés l'un contre l'autre, ils s'endormirent près du feu malgré la peur.

Au matin, ils furent réveillés rudement. On leur donna à grignoter un maigre quignon de pain. Ils reprirent le périlleux chemin. De nouveau ligotés et coiffés de leur sac, ils chevauchèrent grand train toute la journée.

L'espoir que Gilles avait de s'échapper diminuait à chaque détour. Le souvenir de ses sœurs et de sa mère lui était douloureux. Assurément, il ne pouvait plus rien pour elles. Il se maudissait d'être tombé dans ce traquenard. L'angoisse tournoyait dans sa tête en de violentes images.

Lorsque leur escorte s'arrêta enfin, ils étaient au pied des ruines d'un château dont seul le donjon restait intact. Le mur d'enceinte s'était en partie effondré. Les maisons brûlées, noires de suie, étaient ouvertes aux quatre vents. Le lieu était désert. Cette sinistre ruine se dressait au sommet d'une montagne sauvage.

Les deux enfants furent poussés vers le donjon. Ils gravirent l'échelle en bois qui menait à la salle du premier étage. C'était une grande pièce d'apparat vide et sombre. Une cheminée sans feu, d'étroites fenêtres ouvertes sur le ciel, quelques coussins éventrés donnaient à ce lieu un aspect inquiétant. La guerre était passée par là et on en sentait encore le souffle.

La lourde porte se referma derrière eux. Ils s'affalèrent sur le sol, fourbus, découragés.

— Nous voilà en bien mauvaise posture. Allons-nous courir ainsi de caches en repaires jusqu'au bout du monde ? se lamenta Alaïs. Je veux retourner en mon château. Me voilà bien punie de mes extravagances.

— Nous sommes sûrement dans leur repaire principal.

— Oui, et nous allons faire partie de leur trésor de pillage. Je risque de finir sur un bateau de Sarrasin, vendue comme esclave à un riche marchand ou à un prince d'Orient.

Gilles frissonna.

— À moins qu'ils ne demandent une rançon à ma mère, murmura la jeune fille en proie au plus grand désarroi.

Chapitre XIV

Un bruit de porte retentissant les sortit de leur angoisse. Avec grand fracas, le diable d'homme de la veille entra. Habillé à la façon d'un seigneur, il alla s'installer confortablement près de la cheminée devant une table qu'on monta et recouvrit de mangeaille; un chien s'installa à ses pieds. Il ressemblait ainsi à n'importe quel châtelain de la région. Car, contre toute attente, cet homme était de noble race.

— Venez vous installer à ma table, vous devez être fourbus. Un bon repas vous réchauffera les sangs.

Joignant le geste à la parole, il leur indiqua des sièges près du sien. Ils furent copieusement servis. Cette amabilité soudaine surprit les enfants.

— Vous êtes captifs, certes, mais il ne sera pas dit que vous manquerez de quoi que ce soit. Ma cour est bien triste maintenant. Je suis entouré d'hommes que la vie a rendus farouches, trop coutumiers qu'ils sont de la haine. Je n'entends plus jamais ni la voix douce des femmes ni les piaillements des enfants. Les douceurs de la vie se sont fanées depuis longtemps pour moi. Mes jours sont faits de rixes et de rapines. D'ailleurs, je sens la mort qui rôde autour de moi et parfois je me prends à l'espérer tant il est vrai que, sans la saveur de l'amour au cœur, on est à peine mieux que mort. Je profite donc de votre présence pour me faire des accroires de bonheur.

Cet homme farouche et fier était décidément bien étrange. Malgré ses allures de brigand, il parlait en langue bien dite.

— Voilà donc qui je suis, Lou de Pratviel, faydit, seigneur sans terre, rebelle au roi de France et que Dieu me foudroye sur l'heure si mon histoire est mensonge.

Leur hôte se versa du vin épicé dans un hanap d'argent aux initiales d'or.

— Butin de guerre. Il appartenait au roi de France. Car, voyez-vous, nous n'avons pas eu que des défaites. Le courage ne nous faisait pas défaut. N'est-ce pas une femme de Toulouse qui, d'un jet de pierre, tua le terrible Simon de Montfort? J'ai donné mon sang, ma chair et mon cœur pour libérer nos terres, mais j'y ai perdu mon âme. J'ai tant vu de souffrances et de morts inutiles. Je souhaite que jamais homme né de mère n'ait à traverser ce que j'ai vécu. Il ne m'en reste que haine chevillée au corps.

Le chevalier se leva brusquement, et c'est en arpentant la salle qu'il commença son récit.

— À seize ans, adoubé chevalier, je m'engageai au service du comte de Toulouse et participai pendant quatre ans à la reconquête du pays. Nous étions d'ardents chevaliers débordant de vaillance. Nous allions de places fortes en cités pour en bouter les Français. Peu à peu, les domaines envahis furent repris. L'ennemi n'inspirait plus ni crainte ni respect. L'honneur enfin retrouvé, nous étions redevenus maîtres des terres de nos ancêtres. Sur le terrain, nous étions vainqueurs, mais, par ses détours hypocrites, la politique nous fit perdre bien vite ce que nous avions reconquis par les armes. Durant tout ce temps, en effet, le pape et ses évêques avaient multiplié les démarches auprès du roi de France pour qu'il reprenne la route de la croisade. « Rome est le maillet de malheur qui tout assomme », disait un troubadour. Et il avait raison. C'est une Église impitoyable qui ne tolère aucune critique. Elle veut garder jalousement ses fidèles en son sein et accroître ses richesses.

Une lueur d'espoir dans les yeux, Alaïs chuchota à Gilles :

— Ce bougre s'est donc battu pour défendre notre pays. Il a protégé les Bons Chrétiens. Peut-être aura-t-il pitié de nous ?

— Chut ! Taisez-vous.

Gilles craignait d'interrompre cet homme à l'humeur capricieuse. Fasciné, il voulait aussi connaître la suite de ses aventures.

Le chevalier poursuivait son récit.

— Après une année de paix que je passai à la fastueuse cour de Toulouse, la guerre reprit. Tout recommença, l'horreur et la désolation. L'espoir fut bref. Son armée épuisée, son pays ravagé, le comte Raymond finit par signer la paix. Il s'engageait à demeurer fidèle au roi de France et à l'Église romaine en promettant d'éliminer de son pays toute hérésie.

« Je me souviens encore de ce triste automne où, n'ayant plus de seigneur à servir, de château à défendre ou de terre à protéger, je décidai de rejoindre une troupe de chevaliers insoumis et batailleurs qui gardaient l'espoir d'une revanche. Parfois, des nouvelles de Toulouse nous faisaient croire à ce mirage. Malgré quelques belles batailles avec le comte de Carcassonne, nous n'étions plus qu'une poignée de poussiéreux isolés et traqués.

« Nous hantions les bois et les abords des villages, offrant protection et escorte aux Parfaits. Nous organisions des embuscades pour délivrer les Bons Croyants condamnés au bûcher. Parfois, nous attaquions des châteaux ou des convois français pour le butin.

« Les maisons amies nous donnaient le gîte et le couvert. C'est d'ailleurs près de l'une d'elles que mes hommes vous ont aperçus. Dame Berthe a toujours eu mon estime. Tout en me reprochant ma vie de faydit, elle m'a donné son amitié et sa parole généreuse pour calmer mes peines.

À ces mots Alaïs voulut se lever, mais, encore une fois, Gilles l'en empêcha. Ce flot de paroles cachait peut-être quelque secret qui pourrait les sauver.

— Je découvris dans ces humbles logis des gens plus fidèles et fiers qu'en bien des châteaux. Le petit peuple, qui n'avait pas baissé les bras, continuait dans la mesure de ses faibles moyens à soutenir hommes d'armes et hommes de foi. Pendant plusieurs années, nous répondîmes à la terreur de l'Inquisition par la terreur des armes. Mais, après la chute de Montségur, nous perdîmes plusieurs compagnons, certains brûlés, d'autres emmurés ou tués dans des embuscades. Alors, toute illusion de reconquête fondit comme neige au soleil.

« Voilà où j'en suis après vingt-sept ans de lutte et d'errance. Brigand, routier, pillard, tels sont les noms dont vous pouvez m'affubler aujourd'hui, car je suis sans feu ni lieu. Et la seule lutte que je mène est celle de la survie.

La tête appuyée sur le dossier du fauteuil, les yeux perdus, il semblait usé et las, comme si la vie l'avait brisé. Face à ses hommes, il se montrait fougueux et rieur, mais, devant ces enfants, il ne cachait plus sa faiblesse. Il n'était plus que l'ombre de lui-même. Un amer chevalier dont l'âme était tombée dans un bourbier de tristesse.

Un homme entra pour allumer le feu. Le cliquetis des éperons sur le sol ramena le chevalier à la réalité. Il regarda Gilles avec grande attention et lui passa la main dans les cheveux :

— Je devrais avoir un fils de ton âge.

Chapitre XV

Gilles ne parvenait pas à dormir. Les dernières paroles de Lou de Pratviel lui revenaient sans cesse à l'esprit. Cet homme indomptable avait une fêlure au cœur, et sa fidélité envers les Vrais Croyants était profonde. Il lui conterait son histoire, et peut-être pourrait-il l'aider.

Il attendit longtemps qu'un jour timide perce le papier huilé de la fenêtre. Les oiseaux commençaient à se parler en leur langage. Gilles reconnut le chant du rossignol. Une musique si belle et si douce à l'orée du jour était de bon augure.

Sans plus hésiter, Gilles se leva, en repoussant le plus doucement possible les couvertures pour ne point éveiller Alaïs. Puis, il traversa à pas feutrés la grande salle.

Le chevalier dormait, enroulé dans une couverture à même le tapis, près de la cheminée. Le feu était éteint depuis longtemps et la fraîcheur de l'aube commençait à se faire sentir. N'était-il pas hasardeux d'éveiller cet homme aux réactions imprévisibles? Il fallait pourtant lui parler avant le lever d'Alaïs. Gilles secoua donc cette masse énorme surmontée d'une chevelure ébouriffée.

— Chevalier! Chevalier! Il faut que je vous parle.

Lou de Pratviel maugréa, puis continua à dormir.

— Chevalier! Chevalier! J'ai besoin de votre aide, insista Gilles en le secouant plus vivement.

L'homme maugréa de nouveau, sans plus. À force de ténacité, Gilles réussit à lui faire ouvrir un œil puis l'autre.

— Eh bien, petiot! Tu as intérêt à avoir une bonne raison pour me secouer de la sorte. Je n'ai pas l'habitude de me faire réveiller si rudement. Ne crains-tu pas mes humeurs?

— Je vous demande pardon, mais j'ai, au nom de la vraie foi, besoin de votre aide.

Le chevalier se mit à ricaner.

— Tu n'as pas froid aux yeux de réclamer ainsi mon soutien.

Gilles lui faisait des signes désespérés afin qu'il parle moins fort.

— Laissez-moi vous conter mon histoire et peut-être serez-vous sensible à ma requête. Mais pas ici, je ne veux pas qu'on réveille Alaïs, elle est épuisée et a besoin de repos.

— Dame! Tu fais le cœur tendre. Serais-tu amoureux de cette jeune fille? Attention, l'amour peut être une prison bien cruelle pour ceux qui s'y laissent enfarfouiller.

Et sans résister plus longtemps, Lou se leva, enveloppé dans sa couverture. Ils allèrent s'installer en haut des créneaux écornés.

Le paysage qui s'ouvrait devant eux laissa Gilles émerveillé. Ils étaient au sommet d'une montagne rocailleuse et abrupte. Une faible lueur venant de l'est éclairait la garrigue d'une clarté magique. Tout près se dressait l'aplomb d'une montagne jumelle fière et sombre qui dardait son sommet pointu vers les dernières étoiles. Au loin, Gilles devinait les brumes matinales de la mer. C'était un spectacle magnifique, entre la nuit et le jour, loin du tumulte des hommes.

L'enfant conta sans détour son histoire : la foi et les persécutions de sa famille, l'arrestation récente de sa mère, sa course pour brûler le livre, la rencontre avec Guilhem, la mort de dame Berthe et, pour finir, leur enlèvement.

Lou l'écouta avec attention. Lorsqu'il eut fini, le chevalier se saisit de lui et, au plus grand émoi de Gilles, l'embrassa :

— Alors tu appartiens à la grande fraternité des pourchassés. Dieu aura voulu que nos chemins se croisent.

Reprenant ses sens, Gilles finit par faire sa demande :

— Vous êtes un grand chevalier, courageux et fidèle à la vraie foi, sans doute vous serait-il aisé d'aider ma mère à s'échapper.

— Sauver ta mère ! La libérer par la force de cette prison de Roqueblanche n'est pas chose aisée. Je ne risquerai pas la vie de mes hommes dans une entreprise si hasardeuse.

Mais Gilles insista :

— Peut-être y a-t-il un moyen moins dangereux. N'avez-vous pas une prisonnière à échanger ?

Surpris, le chevalier s'exclama :

— Sacredieu ! Il se cache bien des malices dans ta tête. Il serait sans doute possible d'échanger la fille contre ta mère. Ce n'est pas une mauvaise idée. La dame de Roqueblanche doit être prête à bien des sacrifices pour retrouver sa fille. Mais échanger une fille de seigneur contre une pauvre femme de charbonnier aux enfants ensauvagés, je serais bien ridicule devant mes hommes si j'acceptais un tel marché. Je dois tirer un meilleur parti de la capture d'une fille de seigneur. Elle vaut beaucoup plus.

Gilles en eut le cœur brisé. Il avait cru la libération de sa mère à sa portée.

Le chevalier lui passa la main dans la tignasse :

— Allons ! Que Dieu me jette dans l'abîme si je ne trouve pas une façon de vous tirer d'affaire, toi et les tiens.

Le jour était maintenant levé. Gilles resta longuement assis en haut de la muraille à ruminer. Il ne savait que penser du chevalier. C'était un personnage fantasque, parfois aimable, parfois railleur et cruel. Son âme se cachait dans les détours d'une vie âpre, ses pensées dans des méandres secrets. Ses gestes vifs pouvaient porter la souffrance ou la tendresse, ses yeux la haine ou l'amitié. Ses emportements de paroles pouvaient être animés de bon ou de mauvais vouloir.

Pouvait-il lui accorder sa foi ?

Le soleil qui approchait du zénith le sortit de sa torpeur. L'endroit était silencieux. Les chevaux avaient disparu. La troupe était sans doute de nouveau à la recherche de voyageurs imprudents à détrousser.

Dans le donjon, il trouva Alaïs attablée.

— Nous ne sommes pas si mal, je suis servie comme une dame. Viens, mange et raconte-moi la façon dont tu vas nous tirer de ce mauvais pas. Ce n'est pas en restant assis à rêvasser que nous allons nous en sortir. Malgré les apparences, le château est bien gardé. Chaque fois que je me suis éloignée, une sentinelle m'a fait rebrousser chemin.

Elle avait retrouvé sa verve.

— Écoute, je ne suis pas de nature à me morfondre. L'endroit est magnifique, nous sommes bien nourris. Et, ma foi, la compagnie de ce chevalier n'est pas si pénible.

« Décidément, quand on est née fille de seigneur, on trouve toujours moyen de se faire servir », pensa le garçon avec amertume.

— Vous avez décidé de devenir la châtelaine de ces ruines ? lui lança-t-il.

— Allons, il faut toujours tirer le meilleur parti d'une situation. Nous sommes tout de même mieux ici qu'à la belle étoile ou dans une caverne. Ce bandit a tout intérêt à nous garder bien vivants.

« Surtout toi, une belle marchandise qu'il faut ménager », pensa-t-il. Sans mot dire, il se dirigea vers la table, prit une cuisse de pintade, une tranche de pain et tourna les talons. Il s'installa, pieds ballants, sur la margelle du puits au milieu de la cour. Il était à l'ombre d'un platane au généreux feuillage.

Gilles n'avait en tête que le refus du chevalier. Il ne comprenait pas. Deux âmes ne sont-elles pas égales devant Dieu ? Il en voulait à Alaïs d'être plus estimée que sa mère. Une fille insouciante avait-elle plus de prix que la mère de trois enfants qui trimait dur pour les élever ?

À l'étroit dans son âme, la chicane au cœur, Gilles décida de ne plus se soucier d'Alaïs.

« Laissons là cette race de seigneurs, nous ne sommes pas du même monde », conclut-il.

Gilles resta tout le jour sous son arbre à ressasser sa tristesse. Un regret amer lui embrumait l'esprit. Il se reprochait la proposition qu'il avait faite au chevalier, ce marchandage lui faisant comme une salissure au cœur.

Remarquant le soleil couchant, il fit le tour de la muraille et retourna dans la salle du donjon.

Il y trouva Alaïs. La jeune fille ne l'entendit pas s'approcher. Accroupie sur le sol, elle plaçait de petites pièces de bois sculpté sur une tablette carrée divisée en cases alternativement noires et rouges. Gilles se baissa pour les voir de plus près.

— Vois, dit-elle, ce que j'ai trouvé dans le coffre près de la cheminée. N'est-ce pas magnifique ?

Gilles restait sourd à l'enthousiasme de la jeune fille.

— Je te présente le roi et la reine.

Elle déposa deux figurines blanches dans les mains du garçon. Il vit effectivement une couronne sur leur tête ; le roi tenait un sceptre dans sa main droite.

— Ce sont les figurines d'un jeu passionnant. Tu veux que je te montre?

Avant que Gilles ne réponde, elle lui présenta tous les personnages :

— Voilà le roi et la reine qu'il faut protéger de toute attaque. Les auphins qui sont des juges, les chevaliers revêtus de leurs armures et portant bouclier, les tours et les pions qui représentent le peuple. À droite, le paysan devant la tour, l'artisan devant le chevalier, le tisserand devant l'auphin, le changeur devant le roi, le médecin devant la reine et, à leur gauche, l'aubergiste devant l'auphin, le gardien de la cité devant le chevalier, le messager devant la tour. Voilà, tu les connais tous maintenant.

— Vous me donnez le tournis. Et puis il n'y a même pas de charbonnier !

— Que tu es stupide. Place-toi devant moi, nous allons jouer.

Quel jeu ! Gilles se rappela ses osselets autrement plus simples et sans doute plus amusants. Voilà bien un jeu de nobles. Mais comme il était curieux et ne voulait pas passer pour un sot, il ne pipa mot.

— Il faut surtout que tu protèges ton roi. Il n'avance que d'un pas à la fois, après un premier saut de deux ou trois cases. Comme lui, la reine ne se déplace que d'une case à la fois. Les auphins avancent de trois cases en trois cases. Les chevaliers parcourent l'échiquier à bride abattue en bifurquant à droite ou à gauche. Les tours, lorsque le chemin est libre, peuvent sauter huit cases d'affilée soit verticalement, soit horizontalement.

Il ne déplaisait pas à Gilles d'avoir entre ses mains le sort d'un roi. Aussi s'appliqua-t-il du mieux qu'il put à bien comprendre les règles du jeu.

Lorsqu'ils s'arrêtèrent, la nuit était avancée et le feu de la cheminée complètement éteint. Gilles s'était fait battre à chaque partie, mais peu à peu il avait saisi les subtilités du jeu et y avait trouvé du plaisir.

— Je commence à faire ton éducation courtoise. Tout chevalier aimable doit savoir jouer aux échecs. Tu ne te débrouilles pas trop mal.

Ce soir-là, Lou de Pratviel ne rentra pas. Et, pour le plus grand plaisir de Gilles, les deux enfants dormirent côte à côte enroulés dans la même couverture. Gilles se prenait à penser que leur triste sort avait parfois des tournures bien douces.

Chapitre XVI

— Et ma mère ? demanda Gilles.

Le chevalier était rentré après plusieurs jours d'absence. Prestement, il s'était dirigé vers Gilles.

— Suis-moi !

Ils retournèrent se nicher sur les créneaux, à l'abri des regards.

— J'arrive de Roqueblanche. Je suis fourbu. J'y ai disputé un marchandage avantageux avec la châtelaine. Juge par toi-même. En échange de sa fille, je vais recevoir une terre assez grande pour y faire vivre mes hommes. Mais je voulais cette terre libre de toute allégeance. Crois-moi, nous avons eu à ce sujet d'âpres discussions. J'ai dû faire le serment de ne plus me battre sur les terres de la seigneurie de Roqueblanche ni sur celles des comtes de Béziers et de Montpellier.

Le chevalier n'avait pas parlé de Douceline, et Gilles avait réagi avec fougue.

— Tout doux, petiot! J'ai conté à dame Béatrice que j'avais fait prisonnier un jeune garçon en même temps que sa fille et que celui-ci l'avait soignée et réconfortée à plusieurs reprises au cours de sa fugue. Pour t'en rendre merci, la châtelaine est prête à libérer ta mère, laquelle, en retour, devra s'engager à renier sa foi.

Gilles eut un haut-le-cœur. Il savait bien que jamais sa mère n'abjurerait.

— Pour l'heure, je dois aller convaincre mes hommes des joies de la vie honnête et sédentaire, ce qui, je le crains, risque d'être malaisé.

Sur ces mots, il se leva, indifférent aux angoisses de l'enfant. Alors qu'il sautait au bas de la muraille, il lui lança :

— J'oubliais! Avant de conclure définitivement le marché, dame Béatrice veut une preuve que sa fille est bien entre mes mains et qu'elle est vivante. Demain, tu partiras à l'aube lui porter une lettre écrite de la main de celle-ci. En échange, elle te donnera un parchemin que tu remettras à un de mes hommes. Tu resteras alors à Roqueblanche.

Il avait donné ses ordres, Gilles n'avait plus rien à dire. Le chevalier se hâta vers les ruines de la chapelle où ses hommes s'assemblaient.

— Beau troc d'âmes! maugréa Gilles, abasourdi par tout ce marchandage. De toute façon, il n'avait d'autre choix que d'obéir. Si le sort d'Alaïs était réglé, celui de sa mère était en suspens.

Il se dirigea lui aussi vers la chapelle d'où sortaient maintenant des applaudissements, des sifflements et des cris de colère. Dans la nef, l'assemblée était agitée. Les guerriers étaient prêts à s'empoigner et à s'étriper. Invectives et railleries fusaient de toutes parts. Gilles se posta à l'écart pour ne pas être emporté dans une bagarre générale.

Le chevalier se planta, roide, devant ses hommes, grimpé sur une dalle de pierre. Il parla avec l'assurance d'un homme habitué à commander. Chaque parole sonnait clair.

— Compagnons, cela fait longtemps que nous cheminons ensemble. Les bouillantes batailles, les rixes où l'on brise, taille et fend du tranchant de l'épée ne nous ont jamais fait peur. Nous étions et nous sommes toujours prêts à en découdre, l'épée nue haut levée, avec les barons du Nord. Ils ne nous soumirent jamais, et jamais ils ne le feront.

Un cri rageur sortit d'un même élan de la gorge de ces hommes rudes.

— Au cours de toutes ces années, plusieurs d'entre nous ont eu la carcasse trouée sur les champs de bataille. D'autres ont été brûlés ou emmurés. Au fil des ans, nos espoirs se sont envolés comme poussière de chemin. Je sais qu'aucun d'entre vous ne rechigne à se battre, mais ne sommes-nous pas devenus des bandits de grand chemin plutôt que des hommes d'honneur ?

Une houle de réprobation parcourut l'assemblée.

— Il faut songer à l'avenir. Vous n'êtes pas sans savoir que nous avons fait une fameuse capture. Si vous voulez m'en croire, nous pouvons en profiter pour changer de vie.

Les grognements se firent de plus en plus rageurs :

— Traître ! Cracheur de mensonges ! Crieur de boniments ! Faux cœur ! Fourbe !

Mais tout n'était pas dit et certains hésitaient.

— Je veux donner à chacun sa juste part... reprit l'orateur.

— Va-t'en au diable avec ta justice, rugit un gaillard vigoureux. Je suis peut-être un loup aux abois, mais au moins je suis libre. Ce que tu nous offres, c'est la vie de serf. Nous transformer en moutons, voilà ton bel avenir. Je ne mange pas de ce pain-là.

Il cracha violemment à terre, l'air méprisant. Les insultes, les jurons et les menaces redoublèrent alors.

— Tu parles follement, lui lança son voisin. Nous avons tous versé un amer tribut à la guerre. Depuis combien de temps n'avez-vous pas tenu un enfant dans vos bras, conté fleurette à une femme ou même loué notre Dieu ? Je n'ai pas pris les armes pour devenir un routier pilleur de terres. Si l'occasion m'est donnée de retourner librement et dignement travailler la terre, celle pour laquelle je me suis battu, alors, j'en suis.

Le chevalier poursuivit :

— Taisez vos fureurs et vos haines, elles embrument votre esprit. Il ne s'agit pas de quémander notre pitance, mais de redevenir des hommes fiers de leur travail. Des hommes pouvant fonder une famille. Si certains rechignent à accepter cette offre honorable, je ne leur en tiendrai pas rigueur. On n'apprivoise pas un loup facilement. À ceux-là, je laisserai ce refuge de l'Hortus avec ce qu'il faut d'armes et de vivres pour continuer leur vie de hors-la-loi. À chacun maintenant de décider en sa conscience. Trêve de paroles et de serments. Quant à moi, mon choix est fait.

Sur ce, le chevalier sortit à grandes enjambées. Des groupes se formaient et on discutait ferme.

— Sachez-le, jamais je ne vendrai mon honneur pour un maigre lopin de terre! déclara l'un, crânement.

— De toute façon, tu ne sais plus comment on travaille la terre, railla son voisin. Moi, je ne serais que trop heureux d'arrêter là la route pour prendre femme et entendre les cris de la marmaille.

— Que Jésus protège cette pauvre femme! lui rétorqua un autre. Toi qui bois jusqu'à plus soif et as la paresse comme amie, voilà une belle vie de misère que tu lui offriras, oui!

Ils continuèrent à s'étriper à grands coups de mots coléreux. Mais la plupart de ces guerriers, las de tant d'années de guerre et d'escarmouches, s'éloignèrent de la chicane.

Gilles rattrapa Lou de Pratviel sur le chemin du donjon. Le chevalier et les deux enfants se restaurèrent de quelque mangeaille. Comme à son habitude, Lou de Pratviel raconta en violentes paroles l'une des terribles batailles qu'il mena avec ces hommes contre le roi de France, celle de Beaucaire.

— Au pied des remparts, une multitude de chevaliers armés de pied en cap, l'épée haut levée, piaffent d'impatience. Lorsque l'attaque commence, à l'appel rauque des trompes et des cors, il y a une vive cavalcade.

Le choc des deux armées est terrible. Notre combat, rude. Les champs d'herbes alentour de la cité sont vite jonchés de cadavres, d'armures défoncées et de chevaux frappés en plein poitrail. Chacun de nous brise, taille, fend du tranchant de l'épée du mieux qu'il peut, la rage au cœur, évitant de se faire trouer et hacher menu à son tour. En foule furieuse, les habitants de la cité nous viennent en aide comme ils peuvent, y allant avec tout ce qui leur tombe sous la main : brandons, massues, épieux, longs coutelas, cognées, bâtons, cailloux et faucilles. Ils lancent du haut des murailles de l'eau bouillante et de la chaux vive. C'est une moisson de morts. Innombrables en ce jour sont les âmes arrachées à la chair. Il n'y a ni grâce ni pitié. Nous sommes vainqueurs.

« À quoi me sert de savoir que nous avons étés victorieux hier, si aujourd'hui ma mère est menacée du bûcher », pensait Gilles, agacé par la vantardise du chevalier.

Au moment où le chevalier reprenait son souffle entre deux rasades de vin, Alaïs risqua :

— Je sais bien que vous avez été voir ma mère. Qu'en est-il ?

Réticent, il lui expliqua l'entente qu'il avait conclue. Devant ce marchandage, la jeune fille fronça les sourcils :

— Et pour Gilles, vous n'avez rien requis ! Le sort de sa mère vous importe si peu ? Je vous croyais le défenseur des hérétiques. Qu'au moins ma capture serve à sauver une Bonne Croyante de l'infâme bûcher.

— Suffit ! s'emporta le chevalier, je n'ai de conseil à

recevoir de personne, encore moins d'une jouvencelle. La mère de Gilles sera sauvée, je vous en fais la promesse. N'oubliez pas que nous sommes des vaincus. De nos jours, les hommes d'Église, ces tondus, sont plus puissants que les vrais hommes.

Depuis que les enfants étaient sous son toit, son état d'esprit avait pris une autre tournure. Dans son cœur, vide depuis bien des années, se ravivait le souvenir de sa femme et de son fils. Ils les avaient perdus tout deux au plus fort des batailles contre Simon de Montfort. Sa femme, fille d'hérétique, était montée sur le bûcher comme tant d'autres. Leur fils, lui, avait été sauvé grâce à la prévoyance de cette femme au courage incomparable. Grosse de leur enfant, elle apportait des provisions au chevalier, traversant la forêt pour venir le rejoindre dans les refuges les plus reculés. Ils avaient vécu ainsi quelques années un amour clandestin. Il voyait son fils grandir de loin en loin. Mais, à la mort de sa femme, il ne sut en quel lieu ni à qui elle avait confié leur enfant. Jamais il ne le revit.

Chassant du revers de la main d'invisibles tourments, il reprit :

— Assez de larmoiements ! C'est notre dernière soirée ensemble et je la veux joyeuse. Alaïs, il y a une vièle dans ce coffre. Prends-la et joue-nous un air de ta façon.

La soirée se poursuivit au son de la voix délicate d'Alaïs. Tout en contant ses aventures, le chevalier récita des sirventès, de petits poèmes virulents contre le roi de France, qu'il avait lui-même écrits.

Depuis la réaction d'Alaïs, Gilles reprenait espoir. Il avait été touché que la jeune fille s'inquiète du sort de sa mère.

Alaïs et le chevalier jouèrent aux échecs. La jeune fille gagna à plusieurs reprises.

— Voilà des années que je n'ai joué, grommela le perdant. Je suis plus habile meneur d'hommes que meneur de pions.

Une complicité s'installait; Gilles songeait que, en d'autres temps et d'autres circonstances, il aurait voulu vivre dans ces ruines, symbole de liberté. Devenu chevalier, lui aussi trouverait les mots pour courtiser une fille de seigneur. Peut-être Alaïs?

Chapitre XVII

Gilles, mal réveillé, encore tout empêtré dans ses rêves, était entraîné vers l'écurie. Le chevalier lui marmonnait à l'oreille :

— Si tu vas bon train, tu devrais arriver demain soir à Roqueblanche. Je t'ai préparé des provisions pour la route. Dans cette besace, tu trouveras la lettre d'Alaïs. Vas voir Alranc le Hargneux, qui traîne à l'auberge du Manchot. C'est lui qui me fera parvenir la réponse de la dame. Reste à Roqueblanche et attends-moi.

Gilles prit la besace et grimpa sur le cheval. Lou de Pratviel donna une claque sur la croupe de l'animal qui s'élança en un vigoureux galop. Gilles se raccrocha de justesse. Il entendit derrière lui un immense éclat de rire.

Sa monture était obéissante et le chemin du retour s'annonçait aisé. Il galopa jusqu'au soir. La chaleur lourde des dernières journées avait fait place à un soleil lumineux. Un vent léger soufflait du nord.

Il passa la nuit dans un creux de terre près d'une source où il put se désaltérer avec sa monture. Il dormit bercé par le murmure des eaux, sous un micocoulier.

Au bout d'une autre longue journée de course, il aperçut les remparts de Roqueblanche. Les brumes du crépuscule donnaient aux tours de la petite ville plus de superbe que lorsqu'il les avait vues pour la première fois.

Il mit son cheval au trot. Cette fois, il ne se cacherait pas pour franchir la porte des Bergers.

— Je porte un message urgent à dame Béatrice de la part du chevalier Lou de Pratviel. Laissez-moi le passage.

Sans doute avertis de sa venue, les gardes le laissèrent passer. Le garçon se retrouva au milieu d'une foule criarde. Il y était plus difficile de conduire un cheval que sur les grands chemins. La bête était rétive. Gilles craignait les ruades contre des passants qui le serraient de trop près. Il réussit à se dégager à grands coups d'éperons et se faufila par des rues tranquilles vers la haute cour.

Gilles se trouva bientôt devant le donjon. Mais aujourd'hui, il ne descendrait pas dans les cachots, il monterait à l'étage des seigneurs. Pour y accéder, l'enfant gravit un escalier de bois.

Le garçon pénétra dans une vaste salle finement décorée. Il voyait pour la première fois un logement de seigneur. Le sol était couvert de tapis, les murs tendus de lourdes étoffes de laine. Du côté sud, un lit entouré d'épais rideaux. Des escabeaux étaient placés à même le manteau d'une énorme cheminée où l'on aurait pu faire flamber un arbre entier. Devant, deux fauteuils au dossier haut et raide. Le long des murs, des coffres servaient de sièges. Il faisait sombre malgré le grand soleil du dehors.

Gilles n'eut pas le loisir d'observer plus longuement les lieux, car la châtelaine se précipita et lui prit les mains :

— Dieu merci, te voilà ! Comment se porte Alaïs ? Ma fille est impardonnable d'être partie sans ma permission. Enfin, de ses nouvelles ! J'étais morte d'inquiétude. Allez, dis-moi !

Gilles la rassura du mieux qu'il put et lui remit la lettre d'Alaïs. Elle reconnaissait bien là le style de sa fille, brouillon et vigoureux.

Elle prit le parchemin stipulant les termes de l'entente convenue avec le chevalier, le roula, y fit couler une boule de cire chaude, y apposa son sceau et le remit à Gilles.

L'enfant se dirigea vers l'auberge du Manchot, située à l'entrée de la ville près de la porte aux Maures. Dans ce quartier s'entassaient les étrangers en un amoncellement de masures hâtivement construites et de tavernes mal famées.

Craintif, il pénétra dans l'auberge. Elle avait mauvaise réputation. On y buvait, bâfrait, jouait et pariait à satiété. On s'y battait parfois et certains y finissaient avec un couteau entre les omoplates. La clientèle était mêlée : des marchands, des larrons, des étudiants paresseux, des pèlerins, des routiers et, dans les encoignures sombres de la grande salle, quelques traîne-misère attardés.

Un gaillard borgne et balafré mais point manchot accueillit Gilles. Il était petit et trapu, avec un crâne chauve qui faisait ressortir la laideur d'un visage ravagé par la petite vérole.

Le garçon s'assit sur un tabouret au bout d'une longue table en bois mal écorcé. Le lieu était calme, c'était l'heure de la sieste.

— Je cherche Alranc le Hargneux.

— Foutredieu! Tu as de drôles d'accointances à ton âge. Pour l'heure, il fait la sieste et il n'est jamais bon de le réveiller. Attends un peu, il viendra certainement se rafraîchir le gosier d'ici le coucher du soleil.

— Je dois lui parler au plus tôt, insista Gilles.

— Eh bien, va donc le réveiller toi-même. Il est au grenier, sur la troisième paillasse contre le mur nord.

Gilles n'eut pas de mal à trouver l'homme assoupi sur sa mauvaise couche. À peine lui eut-il effleuré l'épaule que l'homme glissa prestement un fin coutelas sous sa gorge. Voyant un enfant, il desserra son étreinte et grimaça un sourire.

— Tu prends bien des risques à venir me réveiller ainsi. J'en ai égorgé plus d'un pour moins que ça.

Ils descendirent s'attabler. Alranc commanda un pot de vin et deux gobelets pendant que Gilles expliquait sa mission. Il lui remit prestement le parchemin afin de s'éloigner au plus vite de cette canaille.

— Attends un peu, lui dit l'homme en le retenant par la manche, fais-moi au moins le plaisir de prendre une gorgée en ma compagnie. Trinquons en l'honneur des malfrats et de leur seigneur. Ha! Ha!

Il remplit d'un vin épais le gobelet de Gilles. Le garçon le but jusqu'à la dernière goutte sous l'œil de son hôte.

— Bravo ! La moustache va te pousser bientôt. Va ! je te rends ta liberté, fais-en bon usage !

Gilles s'engouffra dans l'ouverture de la porte sans demander son reste, le gosier en feu.

Chapitre XVIII

En sortant de l'auberge, Gilles se heurta à une vieille femme dépenaillée qui grimaça un sourire édenté en tendant la main. Effaré, il enfila une ruelle sans prêter autrement attention à la pauvre mendiante.

Le vin lui avait brûlé les entrailles et brouillé l'esprit. Il avait cru croiser une sorcière. Les villes recelaient bien des surprises et les hommes y semblaient plus à craindre que les bêtes sauvages du bois de Bétirac.

Gilles prit la direction de la maison de son oncle, mais il rebroussa vite chemin de peur de devoir conter ses aventures à ce dernier et de croiser sa méchante épouse. Il chercha la rue du Fournil. Il trouverait meilleur accueil chez son ami Gérard.

Le couvre-feu n'allait pas tarder. Gilles commençait à bien connaître les ruelles de Roqueblanche. Il se dirigea sans hésiter vers la pâtisserie. La boutique était déjà fermée. Il cogna à la porte.

— Ça fait longtemps !

Gilles et Gérard se donnèrent l'accolade et se dirigèrent vers le fond de la boutique. Gilles conta ses aventures avec fierté.

— Parbleu ! Pour un enfant des bois, tu sais y faire ! Tu amadoues un redoutable faydit et tu te retrouves dans les bonnes grâces de la châtelaine. Tu finiras bien par faire libérer ta mère.

Au rappel de sa mère, les fanfaronnades de Gilles retombèrent vite. Avec un serrement de cœur, il reprit :

— Pas si simple. Les accusations qui pèsent sur elle sont trop graves pour être facilement levées. Lorsque la piétaille s'en mêle, il faut craindre le pire. Ma mère n'abjurera jamais.

En disant ses mots, il avait les yeux plein d'eau.

Gérard essaya de changer la tournure d'esprit de son ami en le régalant d'un pâté de poisson et d'une fouace. Puis il l'installa pour la nuit sur des sacs de farine dans un coin de la boutique.

— Je doute que tu puisses dormir très longtemps, mon père se lève très tôt pour cuire ses pâtisseries. Bonne nuit.

Effectivement, la voix sonore du pâtissier réveilla Gilles en pleine nuit. Il se leva tout ahuri de songes, le dos endolori. Mieux valait que la nuit soit écourtée.

Le père de Gérard pétrissait avec ardeur en chantant. Gilles le salua et lui proposa son aide. Il finit donc sa nuit les mains dans la farine à fabriquer des pâtés.

Au matin il accompagna Gérard à l'école.

— Allez, dit Gilles, ne fais pas grise mine, ce n'est pas si terrible d'aller à l'école. Je prendrais bien ta place.

— À chacun ses peines, répondit Gérard, voyant déjà poindre dans l'entrebâillement de la porte l'ombre du moine exécrable.

Au mitan du jour, Gilles s'installa en haut des murailles. Il observa longtemps les oiseaux de passage, les montagnes rocailleuses et la vallée encaissée où coulait une rivière presque tarie. L'odeur lourde des champs montait jusqu'au château.

Il se prit à rêver d'Alaïs, son souvenir lui était doux. Pourrait-il la revoir maintenant qu'elle allait être de retour en son château? Une fille de châtelain ne fréquente pas un fils de charbonnier. Pourtant ils partageaient la même foi.

Gilles vit un nuage de poussière s'élever à l'est. Parmi un groupe de cavaliers, il reconnut l'alezan d'Alaïs. Le chevalier et sa troupe galopaient à grand renfort de coups d'éperons. Ils passaient maintenant sur le vieux pont en dos d'âne qui franchissait la rivière. Gilles courut vers la grande salle pour prévenir la dame. Il ne voulait pas manquer l'entrée du chevalier.

Lou de Pratviel pénétra dans la cité vêtu de ses plus beaux atours et portant fièrement ses armoiries. Il était précédé d'Alaïs, qui se jeta dans les bras de sa mère. Celle-ci oublia son courroux et la serra affectueusement. La mère et la fille se retrouvaient avec une égale joie.

Le chevalier interrompit leurs effusions en s'avançant vers elles. Il mit un genou à terre :

— Noble dame, j'ai tenu parole et vous de même. Mais souffrez que je renouvelle ma demande pour la grâce de la mère de Gilles qui, vous le savez, n'est pas étranger à la présence de votre fille ici. Un mot de vous et cette pauvre femme aura le plaisir auquel toute mère a droit, celui de prendre elle aussi son fils dans ses bras.

Un frisson d'espoir parcourut Gilles.

— Chevalier, répondit-elle froidement, nous devons rendre compte à l'inquisiteur de Carcassonne et je ne peux me permettre de passer outre aux volontés de l'Église. Il en sera comme j'ai décidé; si cette femme abjure sa foi, nous la rendrons à ses enfants, sinon ce sera le bûcher.

Gilles ne put en entendre davantage. Il se précipita hors du donjon pour se perdre dans les ruelles sombres et vides de la cité, son âme brisée menu. Le couvre-feu avait déjà sonné. Ce soir, il voulait être seul. Il s'arrêta sous un porche dans une ruelle. Il ramassa un peu de paille crottée et s'assit, le menton sur les genoux. Passant de la révolte au désespoir, il finit par sombrer, épuisé, dans un sommeil sans rêve.

Le crieur du castrum le réveilla. Gilles courut derrière lui pour mieux saisir les mots qu'il n'avait pas compris dans son sommeil. Le crieur annonçait la mise au bûcher de plusieurs hérétiques avant la fin de la matinée. La châtelaine conviait la population au spectacle.

Chapitre XIX

Quand Gilles traversa la porte du pont du Diable, la foule s'amassait déjà au bord de la rivière. Des branchages, des fagots et des bûches s'entassaient au milieu d'un champ herbu.

En se faufilant à travers la foule, Gilles réussit à atteindre le pied du bûcher. L'ambiance était joyeuse et animée. Les rires et les plaisanteries allaient bon train. Tous attendaient, l'humeur badine, beaucoup d'amusement d'une telle journée.

Gilles ne pouvait s'imaginer qu'un tel spectacle concernait sa mère. L'âme sombre, il se répétait les paroles du chevalier pour ne pas penser à l'horreur. L'heure fatidique approchait.

Le prêtre du castrum apparut, se frayant difficilement un chemin à travers la foule. Au dire de la commère qui jacassait à côté de Gilles, il était accompagné de l'archidiacre de Carcassonne.

Arriva la châtelaine, sobrement vêtue, le visage enserré dans une guimpe qui lui donnait un air sévère. Elle était accompagnée du bayle et de quelques hommes d'armes. Gens du peuple, de robe et d'épée attendaient tous impatiemment que la cérémonie commence.

Le bourreau, jusqu'alors dissimulé par les hommes d'armes, bouscula plusieurs prisonniers. Les pieds entravés de ferrailles, ceux-ci descendaient avec difficulté de la charrette d'infamie. Le regard affolé, la mine débraillée, l'échine courbée, tout témoignait de leur long séjour au cachot. Chacun fut tiré au sommet du bûcher et ligoté ferme.

La mère de Gilles descendit la dernière. Elle fut amenée devant le prêtre. Pieds nus, poings liés, elle n'avait sur le dos qu'une chemise souillée et déchirée.

Peu s'en fallut que Gilles ne perde la tête et ne se précipite à ses pieds. Éperdu de peine, il n'arrivait plus à contenir ses larmes.

Les cloches du campanile sonnèrent et le prêtre déclama :

— En ce jour de l'an 1256, Douceline de la forêt de Bétirac, je te déclare coupable d'hérésie et te demande de chasser de ton âme cette foi démoniaque. Il est encore temps de te rétracter si tu veux la vie sauve.

Le prêtre avait la mort en bouche, trop heureux de pouvoir offrir à ce peuple indiscipliné l'exemple du châtiment divin contre les hérétiques.

Nul ne bougeait.

Le visage de Douceline était pâle, ses yeux éblouis

par tant de jours passés dans le noir. On devinait sa résignation. Nombre de ses proches avaient suivi le même chemin. Elle n'avait jamais douté de sa fin.

Sa voix calme s'éleva :

— Pus lev crémar que renonciar !

Gilles reconnaissait ces paroles : plutôt brûler qu'abjurer. Tel avait été le cri de ceux qui étaient montés sur le bûcher de Montségur. Guilhem le lui avait si souvent conté.

Le bayle fit signe de la tête et un homme lui tendit une écritoire. Il la remit à la châtelaine pour qu'elle signe l'ordre d'exécution. La loi de l'Inquisition ne permettait pas aux hommes de robe de condamner à mort. Seul le seigneur avait ce triste privilège.

Le bourreau fit monter Douceline sur les fagots. Ses jambes ne la portaient plus. Il dut la soutenir à plusieurs reprises. Elle s'adossa au poteau et y fut solidement attachée par la taille. Puis le bourreau alluma sa torche de résine et enflamma tour à tour les quatre coins du bûcher.

— Mal-croyants ! Sans croix ! Antéchrists ! Démoniaques !

Avec les premières volutes de fumée, les cris montaient de la foule. Un supplicié se mit à hurler. La peur du feu lui déchirait les entrailles.

— Par le sang du Christ, il est trop tard pour te lamenter, maudit pèlerin du Mal, cria le voisin de Gilles.

— Que le Diable, ton maître, t'emporte ! lança un autre.

Un remuement dans la foule se produisit. Un cortège de moines vêtus de robes de bure brune, capuchons rabattus, armés d'un crucifix, entoura le bûcher. Ils chantaient l'office des morts. Le glas sonna.

« Des tonsurés venus du prieuré de Saint-Julien, se dit Gilles, trop heureux qu'ils sont de voir le supplice de Bons Chrétiens. Ils en profitent pour venir faire leurs simagrées. Qu'ils crèvent tous de honte à la face du Christ et de Marie, sa mère. » Du fond de son cœur, Gilles vomissait cette Église.

La fumée s'élevait. Les tonsurés tournaient autour du bûcher en brandissant leur croix devant Douceline. La foule protesta, car les moines lui cachaient le spectacle. Elle réclamait son dû.

Soudain, trois cavaliers surgirent du milieu de la foule, leur heaume rabattu. Les moines leur ayant ouvert rapidement un passage, l'un d'eux sauta hardiment sur le bûcher, trancha les liens de Douceline et l'emporta sur son cheval. D'un même élan, les deux autres qui le protégeaient tournèrent bride et disparurent en un souffle de temps. Les moines avaient eux aussi disparu aussi subitement qu'ils étaient apparus.

Le bayle et ses hommes, furieux, se lancèrent aux trousses des cavaliers. Trop tard! Leurs flèches se perdaient dans la rivière. Le curé hurlait contre ces diables d'hommes qui avaient défié le châtiment divin.

La foule éclata soudain d'un immense éclat de rire. Le spectacle n'était pas celui qui avait été annoncé. Mais le peuple prend toujours plaisir à voir les seigneurs et leur piétaille se faire duper.

Gilles était émerveillé : Douceline était sauve ! Il se mordait les joues pour être sûr que ce n'était pas une vision. Le cœur en émoi, il se revoyait déjà dans les bras de sa mère, entouré de ses sœurs. En vérité, il était né sous une bonne étoile. Le chevalier avait toute sa gratitude.

Chapitre XX

Gilles passa deux jours sans nouvelles de sa mère. Il était sûr maintenant que c'était bien le chevalier qui avait organisé cette évasion. Lui seul avait assez d'audace pour le faire.

Le garçon avait rôdé autour de l'auberge du Manchot en espérant croiser un des comparses de Lou de Pratviel ou récolter quelques bribes de renseignements. Il ne trouva rien, et ce silence ne lui disait rien qui vaille.

Aussi reprit-il la route de la forêt. Peut-être que le faydit et ses hommes s'y cachaient, à moins qu'ils ne soient retournés au refuge de l'Hortus.

Le garçon se dirigea d'abord vers la combe de la Fée où le chevalier avait l'habitude de bivouaquer. L'endroit était désert.

Après une brève nuit sous les étoiles, Gilles se dirigea vers sa maison. Ce n'était plus qu'un amas de cendres et de poutres effondrées. Tout avait été brûlé et saccagé, le four avait été éventré. À n'en pas douter, le bayle était passé par là.

Gilles continua son pèlerinage vers la maison de dame Berthe. Il ne trouva là aussi que désolation. La vengeance purificatrice du bayle s'y était exercée. Accablé de fatigue, Gilles dormit sous le grand hêtre à quelques pas de la tombe de dame Berthe.

Au matin, il traîna son inquiétude vers la grotte de Guilhem, sans grand espoir d'y trouver qui que ce fût.

« Cette garrigue dissimule bougrement bien les fugitifs qui s'y réfugient », se dit Gilles. C'était une nature farouche qui restait impénétrable au premier regard.

Cette fois, le garçon retrouva rapidement la caverne sans craindre l'ensorcellement de la nuit. Il s'approcha furtivement. Lorsqu'il atteignit l'ouverture dissimulée par un énorme taillis de ronces, des voix se firent entendre. Au moins, il y aurait là quelqu'un à qui demander conseil. Il tendit l'oreille, mais il était trop loin pour reconnaître les voix. Les hommes du bayle pouvaient bien être venus jusque-là. Il continua à marcher à pas comptés.

Il attendit.

Cette fois il reconnut les voix : Guilhem et sa mère !

Il se précipita.

Douceline n'eut que le temps d'ouvrir les bras pour étreindre son enfant. Elle le couvrit de baisers et de caresses. Lorsque leur émoi cessa, Gilles vit le chevalier gisant sur la paille.

— Notre ami a été blessé au cours de l'embuscade, expliqua Guilhem. Une flèche s'est fichée dans son dos, perçant les poumons et frôlant le cœur. J'ai réussi au prix de terribles souffrances à la lui enlever, mais je n'ai pu réduire le mal. Il a perdu beaucoup de sang et il est très faible. Respirer lui coûte. La fièvre ne le quitte plus depuis deux jours.

Gilles s'agenouilla accablé près du chevalier. Il avait vu juste, c'était bien le chevalier qui, au péril de sa vie, avait sauvé sa mère. Il regrettait amèrement les doutes qu'il avait eus. Il n'aurait jamais assez de sa vie pour le remercier. Il lui prit la main et l'embrassa.

— Lou, Lou, vous ne pouvez pas mourir, murmura-t-il. Vous avez sauvé ma mère et nargué l'Inquisition une fois de plus. Il vous reste encore tant de choses à faire. Et puis je veux devenir votre page, vous servir dans votre nouvelle seigneurie.

La voix de Gilles avait ramené le chevalier à la vie. Voyant près de lui son protégé, il lui sourit.

— Ne t'alarme pas, mon enfant, je savais que je finirais ainsi. Je te l'avais dit à notre première rencontre. Au moins je ne suis pas seul et, grâce à Guilhem, je vais recevoir la bénédiction des mourants. Mon âme sera peut-être sauvée et je ne reviendrai plus sur terre y souffrir mille malheurs.

Il s'arrêta de parler un bref instant, à bout de forces. Puis il reprit d'une voix faible.

— Petiot, je ne crois pas que tu puisses jamais être à mon service. Mais si tu veux apprendre le métier des armes et devenir chevalier, je peux te recommander à mon ancien maître, le seigneur des Escudiès. Son château est de pauvre apparence, perché sur les flancs de la montagne Noire, mais il a su garder son indépendance. Les troubadours y sont rares, mais le temps n'est plus à la poésie. Lorsque j'y vivais, nous organisions la résistance contre le roi de France. Le seigneur était un vigoureux meneur d'hommes, en tout rompu à l'art de la guerre. Il était sévère, exigeant, mais juste. J'ai acquis, grâce à lui, une solide formation de guerrier. Lors de mon adoubement, il me donna un magnifique destrier, muni d'une selle, d'un mords et d'éperons. Il me fit don également d'une épée, d'un heaume et d'un écu aux armoiries de sa famille. Je porte toujours fièrement ces armes en souvenir de celui qui fut mon deuxième père. Aujourd'hui, je veux te confier à ses fils avec qui j'ai grandi. Bien sûr, mon maître n'est plus, mais ses fils sont loyaux et ils t'accepteront comme page par fidélité à notre ancienne amitié. Tu prendras mon épée en gage.

Sur ces mots, le chevalier retomba dans un sommeil fiévreux.

Le cœur de Gilles était écartelé entre la joie de retrouver sa mère et la tristesse de voir s'en aller cet homme valeureux. Guilhem le prit par les épaules.

— Laisse-le reposer, il en a grand besoin. Viens plutôt m'aider à préparer le consolamentum. Nos peines ne sont pas finies.

Gilles était effondré ; il savait que ces préparatifs annonçaient une fin imminente. Avec le coucher du soleil, l'ombre avait empli la caverne. Gilles alluma le feu afin d'y ramener un peu de vie. Guilhem et Douceline le rejoignirent.

— Sa blessure le fait moins souffrir, lui dit Guilhem

et puisque le chevalier te fait l'honneur de te confier à ses parents adoptifs, je dois te conter sa jeunesse. Lui n'en a plus la force.

« Lou est bien l'un des fils du châtelain de Pratviel. Arrivé à l'âge où l'on quitte les jupes de sa mère, son père le confia au comte de Lavaur pour qu'il fasse de lui un preux chevalier. Là, il découvrit une cour fastueuse et courtoise. Le château et ses magnifiques bâtiments se dressaient fièrement sur les bords de l'Agout. Ce furent les plus belles années de sa vie.

« Arriva le temps de la guerre. L'avance de l'armée des croisés était implacable, et leur rage assassine inépuisable. Toutes les cités fortes de nos contrées tombèrent une à une. Puis, ce fut le tour de Lavaur.

« Le château était solidement fortifié, défendu par le ravin profond de l'Agout. Les vivres ne manquaient pas et l'eau était abondante. Dame Guiraude, veuve à cette époque, dirigea elle-même la résistance au siège des Français.

« Mais, malgré les secours de son frère Aimery, célèbre seigneur de Montréal, la ville tomba au printemps. Le mur d'enceinte finit par céder, une brèche fut ouverte par laquelle les soudards s'engouffrèrent dans la ville. Lavaur fut mise à sac et brûlée.

« Lou, par miracle, fut sauvé de cet enfer. Au cœur de l'épouvante, affolé, il se faufila parmi les blessés gémissants et les cadavres mutilés. Longeant les murs encore debout, dissimulé par les gravats, il s'approcha de la place. Là, il assista avec effroi au plus terrible des spectacles qu'il ait été donné de voir à un enfant.

« La châtelaine, la douce et bonne dame Blanche de Laurac, fut livrée pieds et poings liés à la brutalité des soldats. Ils la jetèrent vive dans le puits et l'ensevelirent sous les pierres au mépris de toutes les lois de la guerre et de la chevalerie. Aimery de Montréal et ses nobles et valeureux chevaliers venus défendre Lavaur furent ignominieusement égorgés et pendus. De l'autre côté de l'Agout, Lou vit s'élever les flammes d'un énorme bûcher. Quatre cents hommes et femmes, jeunes et vieux y périrent. Ces crimes s'imprimèrent en lettres de feu dans son âme et il fit le serment de consacrer sa vie à la reconquête de son pays et à la défense des Bons croyants.

« Il trouva refuge au château des Escudiès. Là, il termina sa formation de guerrier et fut fait chevalier. Lou veut aujourd'hui que tu suives le même chemin que lui. Je suis sûr que tu en as les capacités. La meilleure façon de lui témoigner ta reconnaissance, c'est d'être un peu ce fils qu'il a perdu et de poursuivre son œuvre.

Douceline s'assit près du feu et mit ses mains sur les épaules de l'enfant :

— Mon fils, notre maison a été détruite. Je suis en fuite et dois quitter cette contrée. Le temps de la vie en forêt est révolu. Après avoir pris conseil auprès de Guilhem, voilà ma décision. Je partirai demain pour la Catalogne. C'est un pays accueillant pour les gens de notre foi. Il est de l'autre côté des grandes montagnes des Pyrénées. Là, il y a une ville, Castelbon, en particulier, où beaucoup de Bons Chrétiens de par chez nous se sont réfugiés. Tes sœurs resteront pour l'instant chez leur oncle. Je passerai les voir avant de partir.

— Mais tu ne peux partir seule, c'est trop dange-reux! s'écria Gilles.

— Ne t'en fais pas, je me mêlerai à un groupe de pèlerins. Guilhem m'a donné le nom de plusieurs mai-sons amies où je pourrai trouver refuge. Tu sais, je ne suis pas la première à devoir m'exiler. Mais réjouis-toi, une vie nouvelle s'ouvre devant toi. En tant que page, tu pourras recevoir une bonne éducation. C'est une chance inouïe. Ton père serait fier.

Gilles tenta à nouveau de prononcer quelques mots, mais Douccline posa sa main sur la bouche de l'enfant:

— En allant vers la montagne Noire et le château des Escudiès, évite de passer par Roqueblanche. La châ-telaine pourrait vouloir se venger sur toi de l'humilia-tion qu'elle a subie.

Douceline frissonna, tant le souvenir de son séjour en prison était encore vif.

— Je veux que mon fils grandisse sur sa terre, reprit-elle. Je serais tellement heureuse que tu deviennes un protecteur de la vraie foi.

— Je vois que ma vie est déjà toute tracée, dit Gilles, la voix pleine d'amertume.

Le garçon ne savait que penser de cette proposi-tion. Il n'avait jamais songé à son avenir. Seul l'inquié-tait le sort de sa mère. Bien sûr, il voulait rester fidèle au faydit, bien sûr il aimerait à son tour devenir chevalier, mais tout cela lui semblait tellement inaccessible. En serait-il capable? N'était-il pas avant tout un enfant de la forêt?

— Ne veux-tu donc pas apprendre à lire, à compter,

à tenir une épée? lui demanda malicieusement Douceline.

Il n'y avait rien à ajouter.

Toute la nuit, on veilla le chevalier dont les forces ne cessaient de diminuer. Un silence triste emplissait la grotte.

Désemparé, Gilles ressassait ses hésitations. Désormais, il ferait route seul et il se sentait encore bien jeune pour aller de la sorte loin de l'affection des siens. Fière mais incertaine, son âme était divisée entre des sentiments contradictoires.

D'autres soucis hantaient Douceline, qui restait silencieuse, les bras enlacés autour de son fils. Elle ne pourrait plus être la mère attentive qu'elle avait été auprès de ses enfants. Elle avait la vie sauve, mais elle était forcée de les abandonner. Son cœur en était déchiré.

À l'aube, Lou réclama Gilles; celui-ci s'agenouilla près du mourant:

— Prends ma main que je sente encore un peu de chaleur dans mes veines… Si un jour tu croises le chemin de mon fils… je veux que tu deviennes un fier chevalier… Prie pour mon âme…

Le chevalier expira.

Chapitre XXI

Passant outre aux recommandations de Douceline, Gilles retourna à Roqueblanche. Il voulait voir Alaïs une dernière fois. S'assurer de son amitié avant de partir vers la montagne Noire. Mais à peine avait-il passé la porte de la cité qu'il sentit une poigne puissante sur son épaule.

— Je te tiens. Tu es bien Gilles, le fils de la presque brûlée ?

— Que me voulez-vous ?

Gilles se débattait comme un diable.

— Le bayle veut te voir, il te fait chercher depuis trois jours.

Irrité, Gilles se fit tirer par le col jusqu'au bâtiment jouxtant le donjon qui servait aux hommes d'armes du château. Il y fut jeté dans un recoin sombre et sale comme un vulgaire larron. Il croupit là jusqu'aux vêpres. Puis, à sa grande surprise, le bayle lui-même vint le chercher pour le conduire sans mot dire dans la grande salle du donjon. Là, il lui ordonna d'attendre que la châtelaine revienne du bain avec ses suivantes.

Gilles regardait brûler les bûches dans l'immense cheminée, absorbé dans ses pensées. Abandonner la liberté de sa vie en forêt lui coûtait. Il lui faudrait apprendre les usages de la ville et des seigneurs, cacher sa foi interdite au plus creux de son âme. Il le devait, il l'avait promis. Cependant, quelque part dans son cœur, une volonté nouvelle s'insinuait. Car si un jour il devenait chevalier, il pourrait être ainsi digne de l'amitié d'Alaïs. Et cette pensée lui réchauffait le cœur.

Les rires des femmes revenant de la rivière le tirèrent de ses rêveries. Il fut bousculé par trois jeunes filles venant se réchauffer près du feu et faire sécher leur longue chevelure fleurant la lavande.

Alaïs était là, devant lui. Elle lui fit un grand sourire. Fraîche, reposée, elle avait repris sa vêture de jeune fille et sa beauté n'en était que plus séduisante. Discrètement, elle glissa le ruban de soie vermeil qui nouait sa chevelure dans la main de Gilles, qui en fut si touché que son visage s'empourpra.

— Garde-le en souvenir de nos courses à travers bois. Je te sais gré d'avoir pu embrasser une dernière fois ma grand-mère. Je quitte demain Roqueblanche pour aller vivre chez ma marraine. C'est une femme acariâtre qui dirige son château de Sommières d'une main de fer. Ma mère me veut plus docile et loin de la male foi. J'y resterai jusqu'à ce qu'on me trouve un mari.

Elle eut un pauvre sourire, hésita un instant, puis reprit :

— Je voudrais tant repartir avec toi, être libre et avoir un doux compagnon.

— Ce ruban n'est pas seulement un souvenir pour moi, réussit à lui murmurer Gilles, mais un gage de notre amitié future. Nous nous reverrons, je vous en fais le serment.

Il lui passa autour du cou son précieux talisman.

Dame Béatrice entra.

Gilles eut un geste de recul et un voile de tristesse traversa le regard de la jeune fille. Alaïs n'irait plus chevaucher à travers bois, ni visiter en cachette sa grand-mère. Le temps de la discipline et de l'éducation rigoureuse était venu. Elle devait devenir une dame, une châtelaine digne et respectable, et sa mère y veillerait. Elle devait étouffer dans son cœur la douce amitié qu'elle avait pour Gilles.

La châtelaine prit Gilles fermement par la main et l'éloigna d'Alaïs avec rudesse.

— Où te cachais-tu ? Mes hommes te cherchaient depuis plusieurs jours. Je t'ordonne de quitter cette ville au plus tôt. Après ce qui est arrivé à ta mère et le déshonneur qui m'en échoit, compte-toi chanceux que je ne te jette pas en basse-fosse. Je sais qu'Alaïs s'est attachée à toi. Je te le dis tout net, tu ne la reverras plus. Son âme passionnée s'emporte facilement, et il n'est pas question qu'elle s'attache à un sauvageon, fils de cathare. Je lui promets un grand mariage et je la tiendrai loin de toute hérésie. Jure-moi de ne plus chercher à la revoir.

Gilles resta silencieux, le cœur révolté.

Courroucée, la châtelaine fit signe à deux gardes qui amenèrent rudement le garçon et le jetèrent en dehors de la ville.

Le lendemain, baluchon à l'épaule, épée au côté, Gilles s'éloigna d'un pas hésitant de la cité, seul sur le chemin de la vie, bien jeune encore pour en affronter les obstacles.

Une charrette couverte d'un drap épais aux armoiries de Roqueblanche le dépassa. Elle était encadrée de quatre hommes d'armes et de Baudouin, le bayle. C'était à n'en pas douter Alaïs partant elle aussi vers sa nouvelle vie.

Au dernier détour du chemin, Gilles vit le rideau se soulever. Alaïs sortit la tête et lui adressa un grand signe d'adieu. Le garçon fit à son tour de grands gestes jusqu'à ce que l'équipage disparaisse.

Il se mit alors à marcher d'un pas vigoureux, la main sur l'épée de Lou de Pratviel. Il serait chevalier, il le fallait, non seulement par fidélité à sa mère et à Lou de Pratviel, mais aussi pour l'amour d'Alaïs. Il leva les yeux vers les nuages et confia son serment au vent. Du revers de la main, rageusement, il écrasa les deux larmes qui coulaient sur ses joues.

Petit lexique du Moyen Âge

Adoubement : Cérémonie par laquelle on devient chevalier

Aïguo boulido : Soupe faite à partir d'eau bouillie, d'ail, de fines herbes et d'œufs

Auphin : Ancien nom du fou aux échecs

Bayle : Administrateur du castrum

Bliaud : Tunique aux manches très courtes, serrée à la taille par une ceinture

Bon Chrétien : Nom que se donnaient les cathares

Braies : Pantalon ample fendu sur le devant et retenu à la taille par une courroie

Brouet : Bouillon, potage

Caminaïre : Un promeneur, un vagabond (occitan)

Campanile : Clocher à jour où l'on voit la cloche, typique des régions méridionales

Castrum : Village typique du Sud, groupé autour du château et de l'église

Cathare : Secte hérétique du Moyen Âge, répandue surtout dans la région d'Albi et préconisant la pureté des mœurs

Charrette d'infamie : Charrette servant à transporter les condamnés

Consolamentum : Rite religieux cathare permettant au mourant d'assurer le salut de son âme

Croisade : Expédition entreprise par les chrétiens pour délivrer les Lieux saints de Palestine qu'occupaient les musulmans

Croisade albigeoise : Croisade dirigée par la papauté avec l'aide des seigneurs du Nord pour chasser l'hérésie du Midi

Croisés : Hommes qui prenaient la croix pour combattre les infidèles

Cymbalettes : Instrument à percussion, petite cymbale

Damoiseau : Titre du jeune gentilhomme qui n'était pas encore chevalier

Draille : Piste empruntée par les troupeaux de transhumance dans le Midi

Encorbellement : Position d'une construction en saillie sur le mur

Enfançon : Très jeune enfant qui ne sait pas parler

Enluminure : Décor peint ornant un texte manuscrit sur parchemin

Entrelacs : Motifs entrelacés dont les lignes s'entrecroisent

Faydit : Seigneur du Midi exilé, dont les terres ont été confisquées par le roi de France

Foletoun : Diminutif de fou

Fromentée : Bouillie de froment au lait d'amandes

Galoubet : Instrument à vent, sorte de flûte à bec

Hérésie : Doctrine née au sein de l'Église, condamnée par elle comme trahissant les dogmes

Inquisition : Tribunal religieux institué par le pape pour la répression de l'hérésie et la sorcellerie

Lauseta : Alouette (occitan)

Le Père des bons esprits : C'est ainsi que les cathares ont nommé Dieu

Lettrine : Grande majuscule ornée, placée au début d'un chapitre où d'un paragraphe

Mal croyant : Nom donné aux cathares

Mettre au mur : Mettre en prison

Mire : Médecin, apothicaire

None : Milieu de la journée, neuvième heure après le lever du soleil

Parfait : Prêtre de l'église cathare (bon homme)

Portefaix : Celui qui faisait métier de porter des fardeaux

Poterne : Porte dérobée dans la muraille d'enceinte d'un château

Prime : Lever du soleil, première heure

« Qu'es aquo ? » : « Qu'est ce que c'est ? » (occitan)

Quarantaine : Service militaire de quarante jours que les seigneurs devaient au roi

Sirventès : Poème satirique et violent exprimant une critique sociale ou politique

Timbalons : Instrument à percussion, petit tambour que l'on frappe avec des baguettes

Vêpres : Tombée de la nuit, douzième heure après le lever du soleil

Vièle : Instrument de musique à cinq cordes et à archet

MISE EN PAGES ET TYPOGRAPHIE :
LES ÉDITIONS DU BORÉAL

CE CINQUIÈME TIRAGE A ÉTÉ ACHEVÉ D'IMPRIMER EN AOÛT 2008
SUR LES PRESSES DE MARQUIS IMPRIMEUR
À CAP-SAINT-IGNACE (QUÉBEC).